Severino Rodrigues

Mistério em Verdejantes

Ilustrações: Rubem Filho

1ª edição

1ª reimpressão

CORTEZ EDITORA

CORTEZ EDITORA
Rua Monte Alegre, 1074 – Perdizes
05014-001 – São Paulo – SP
Tel.: (11) 3864-0111 Fax: (11) 3864-4290
cortez@cortezeditora.com.br
www.cortezeditora.com.br

Direção
José Xavier Cortez

Editor
Amir Piedade

Preparação
Isabel Ferrazoli

Revisão
Alessandra Biral
Gabriel Maretti
Rodrigo da Silva Lima

Edição de Arte
Mauricio Rindeika Seolin

Impressão
Paym Gráfica e Editora Ltda.

Dados Internacionais de Catalogação na Publicação (CIP)
(Câmara Brasileira do Livro, SP, Brasil)

Rodrigues, Severino
Mistério em Verdejantes / Severino Rodrigues; ilustrações Rubem Filho — 1. ed. — São Paulo: Cortez, 2015.

ISBN 978-85-249-2415-6

1. Ficção – Literatura juvenil I. Filho, Rubem. II. Título.

15-06753 CDD-028.5

Índices para catálogo sistemático:

1. Ficção: Literatura juvenil 028.5

Impresso no Brasil — maio de 2017

Ao amigo-irmão Daywison Lourenço;
e às amigas e leitoras críticas deste mistério,
Anuska Vaz e Manuela Amorim.

Sumário

Parte I

Tales

Domingo, 2 de março.

Tales voltava acelerado, pedalando a bicicleta nova. Se os pais de Lygia não tivessem expulsado o rapaz, ele ainda estaria na casa da namorada. Esquecera completamente a hora.

Lançou um olhar para a avenida deserta. Seu maior medo era perder a parceira de duas rodas num assalto.

Tales entrou na praça central de Verdejantes para encurtar o caminho. Mas, ao erguer os olhos para a árvore centenária, se assustou. O rapaz freou a bicicleta, deslizando a roda traseira pelo chão. Abismado, fincou o pé esquerdo.

– O que aconteceu?

Todas as folhas do frondoso cedro haviam desaparecido.

***

Segunda-feira, 3.

Tales, correndo pela casa, agarrou o celular sobre a mesa de cabeceira do quarto, conferiu rapidamente o cabelo penteado com cera e voltou para a garagem a fim de

pegar a bicicleta. Precisava ser rápido, pois faltavam menos de quinze minutos para as aulas.

O sol de março batia no rosto moreno do rapaz. Um calor bom que afastava o sono. Mas ele ainda pensava no cedro centenário. Ainda na noite anterior fora à delegacia contar o que viu. Ou melhor, o que não viu mais.

– Tales!

Interrompendo seus pensamentos, voltou a cabeça para trás e viu Alec. O cabelo escuro bagunçado como sempre e a farda um pouco grande para o corpo magro. Freou e esperou o amigo que corria para alcançá-lo.

– E aí, cara? – cumprimentou Tales, trocando o habitual aperto de mãos.

– Acho que a gente perdeu a hora hoje, hein? – brincou Alec.

– Nem fala – concordou o amigo, descendo da bicicleta e empurrando o guidão. – Mal dormi...

– Li a mensagem que você me mandou apenas hoje de manhã – comentou Alec. – Que história é essa do cedro da praça perder todas as folhas? Da noite pro dia?

– Também não consigo entender. Quando fui pra casa da Lygia, lá estava o cedro com todas as folhas. Eu tenho certeza. Mas, quando voltei, não tinha uma sequer!

– Você foi mesmo o primeiro a ver?

– Ou a denunciar. Só não sei por que fui inventar de ir lá na delegacia. Cheguei em casa de madrugada. Meus pais estavam duas araras.

– Que bizarro! – exclamou Alec. – Mas, falando em araras, têm duas ali!

Tales olhou para o lado apontado pelo amigo. Naquele instante, vários alunos chegavam. Lygia e Nadine conversavam em frente ao colégio. Lygia com os cabelos escuros e lisos, presos num rabo de cavalo. A tez clara, contrastando com os óculos de aros escuros. E os braços, sempre abraçando os livros.

– Se não quiser apanhar, acho bom respeitar a minha namorada – ameaçou Tales, dando um soco leve no ombro de Alec.

– Peraí! – riu o amigo. – Estou só brincando! Mas que as duas gostam de conversar, isso não dá pra negar.

Aproximaram-se.

– Bom dia, meninos! – cumprimentou Nadine, balançando os cabelos soltos na altura dos ombros e exibindo as sardas e o aparelho ortodôntico com borrachas verdes num sorriso.

– Bom dia – Alec respondeu.

Tales não respondeu nada. Logo se ocupou, trocando um beijo com Lygia. Mas o sinal do colégio tocou, e eles não puderam se prolongar no ato.

– Vamos entrar – chamou Lygia.

– Peraí! Olha o Grandão – avisou Alec, mostrando Gaetano andando rápido.

Tales viu o gigante da turma se aproximar. O amigo só vivia para academia.

– Falaê, pessoal! O sinal já tocou, né?

– Já – confirmou Alec, dando um tapinha na cabeça de Gaetano. – Cortou o cabelo, hein? Tá parecendo militar americano. Mas, se acalma aí, que tá todo mundo atrasado.

– Cortei na semana passada, Alec. Nem tem graça mais.

– Você faltou na sexta – lembrou Lygia ao amigo gaiato.

– Mas não estou vendo ninguém do transporte ainda – voltou a falar Gaetano. – Acho que ficaram presos no engarrafamento como eu... E, pra completar, meu ônibus antes disso atrasou. Vou é comprar uma bicicleta como o Tales.

– Bicicleta é o transporte do futuro – asseverou Nadine. – Também só venho para o colégio com a minha. Chega de carros e de poluição!

Tales riu ao ver Gaetano revirar os olhos, detestando o comentário da garota.

– Vem, gente – chamou Lygia mais uma vez. – O professor Elmo está ali na recepção! Ele é pontual!

– Professor e coordenador do Ensino Médio – acrescentou Ryan, se juntando ao grupo e levantando a armação com o indicador. – Pontos, retas e ângulos são com ele mesmo. E agora também os nossos boletins.

Tales riu. O tímido e caladão da turma fizera uma brincadeira. Ryan, de óculos de aros quadrados e com uma ou outra espinha avermelhando o rosto, nunca se expressava muito.

– Até o Ryan está atrasado hoje – comentou Lygia e puxou Tales pelo braço. – Mas vamos logo!

Todos acompanharam.

Ao entrarem no corredor das salas de aula, escutaram:

– Lygia! Nadine! Me esperem!

Era Ada. Ao se aproximar do grupo, Tales notou a farda justa, denunciando o peito ofegante. A garota mais linda do colégio. Loira, mediana para alta e, sobretudo, muito inteligente.

– O ônibus do colégio ficou preso no engarrafamento! Pensei que iria perder a aula do Elmo!

– Fica tranquila – disse Ryan. – Ainda não começou...

Porém a garota ignorou o rapaz, virando as costas e perguntando qualquer coisa para Nadine.

– Vamos, turma! – acenou o professor Elmo da porta da sala do segundo ano. – Acelerem o passo aí que a hora está passando.

– Lá está ele com o seu famoso cabelo no gel – brincou Alec, curtindo com a marca registrada do professor.

Atravessaram a entrada e se sentaram rapidamente nas cadeiras.

– Bom dia, segundo aaano! – cumprimentou, então, Elmo, prologando a sílaba tônica. – A aula hoje será sobre o nosso colega ali: o Tales e o seu teorema.

– Hã? – Tales, que mal se sentara, não entendeu a brincadeira.

Alguns alunos da sala sorriram. Outros se mostraram indiferentes à piada.

– Não entendi... – cochichou o rapaz para a namorada.

– Espera que ele explica – Lygia sorriu.

– Calma, Tales, não precisa ficar preocupado. Só vão falar muito mal de você – gracejou Alec.

– Professor, o senhor está querendo roubar o lugar deste aqui? – perguntou Gaetano se referindo a Alec. – Ele é que é o engraçadinho da turma.

– Deixa eu falar sério agora – pediu o professor Elmo. – A aula será sobre o filósofo grego Tales de Mileto e o seu famoso teorema. Prestem muita atenção e evitem conversas paralelas porque vai cair na prova!

O barulho de mochilas, cadernos e canetas ecoou.

– Ah, antes de explicar qualquer coisa, vocês estão saben...

Esmeralda, atrasada, irrompeu pela porta da sala.

– Desculpa, professor! – ela pediu e se encaminhou para o fundo, sentando longe das amigas Lygia, Nadine e Ada, que apontavam inutilmente um lugar vago perto delas.

Tales estranhou. A garota prendeu os cabelos escuros e um pouco ondulados nas pontas com uma caneta e respirou fundo, vibrando todo o corpo magro e levemente rosado, meio queimado de sol. Mas o que mais chamava a atenção eram os olhos verdes de Esmeralda.

– A joia rara atrapalhou o senhor – brincou Alec de novo. – Mas não estou sabendo de nada, não, professor! Se for prova, vou pra casa. Digo logo...

– É algo mais bacana que uma prova.

A turma se interessou.

– O que é? – indagou Tales.

– Haverá um eclipse solar na próxima quarta-feira – respondeu o professor Elmo.

Conversas paralelas tomaram conta da sala. Os alunos ficaram ansiosos pelo fenômeno nunca antes presenciado por eles.

– Que medo – confessou Lygia. – Tudo ficará às escuras.

– Vai ser lindo, florzinha – exclamou Nadine, entusiasmada.

– Eclipse? Legal! – concordou Alec.

– Festa no centro da cidade! – comemorou Gaetano.

– Ada, podemos ir juntos... – começou Ryan.

– Professor, foi Tales de Mileto quem previu o primeiro eclipse solar, não foi? – a garota perguntou, ignorando mais uma vez o rapaz.

– Exato, Ada – ratificou o professor.

– É tudo culpa do Tales – brincou Alec novamente com o amigo.

Tales notou que Esmeralda quis sorrir, mas não conseguiu. Ela parecia preocupada.

Lygia

Lygia, no quintal, embaixo de uma aceroleira, lia sem pressa uma antologia de contos. Um galho roçou no rosto da garota como uma carícia enquanto os olhos dela, por trás dos óculos, iam e vinham pelas folhas. Ao concluir a leitura do conto, ela fechou o livro com um marcador de páginas de papel reciclado, presente de Nadine, e ligou o *notebook* sobre o colo. Abriu o editor de textos.

A tela branca refletia seu rosto, os óculos e o cabelo preso num rabo de cavalo. Lygia respirou fundo e começou a escrever. A mão tremia ora hesitante, ora nervosa. Após algum tempo, a garota parou, apertou a cabeça entre as mãos e se levantou. Andou de um lado ao outro para depois se sentar novamente e salvar o arquivo. Depois mirou o céu praticamente sem nuvens. Um pardal atravessou sua visão em voo.

Um barulho atrapalhou a cena. Na barra inferior da tela, Lygia viu o convite de Nadine para o bate-papo. Num segundo visualizou o sorriso da amiga na tela inteira.

– Você está triste, florzinha? – perguntou Nadine.

– Não, não... – respondeu Lygia. – Estava apenas pensando numas coisas...

– Está com um ar diferente... Não vai me dizer que brigou com o Tales!

– Não! Meu namoro anda muito bem! É que eu estava lendo um conto da Silvana Silvestre – e ergueu o livro para que a amiga visse a capa.

– Ah... Às vezes eu acho que você só namora o Tales porque *tales*, em inglês, significa contos.

– Nem vem que não tem! Que piada mais sem graça...

Do outro lado, Nadine caiu na risada.

– Mas, e aí? Conta as novas! – pediu Lygia.

– Eu não ia falar nada, não, mas como você está perguntando...

– Sei... – desdenhou a amiga.

– Florzinha, você não sabe o que vi na saída do colégio!

– O quê?

– Perdeste!

– Para de suspense e fala logo!

– Ada e Alec ficando na rua detrás do colégio, florzinha!

– Sério?

– Hum-hum... Estavam lá os dois no maior amasso quando passei voltando de bicicleta.

Lygia sorriu e, em seguida, comentou com um tom de voz diferente:

– Ada retornou assanhada das férias este ano.

– Você não está gostando mais muito dela não, né, florzinha?

– Ela é minha amiga... E sua também.

– Somos amigas desde o sexto ano. Faz um tempão!

– Mas confesso que ando com um pé atrás... Tenho os meus motivos, você sabe...

– Sempre prevenir é melhor que remediar – e a amiga piscou o olho.

– Com certeza!

– Mudando de assunto, estava lendo aqui as notícias sobre o desaparecimento das folhas do cedro centenário...

– Já descobriram o motivo?

– Nada. Sabem apenas que não se trata de algo natural.

– Muito esquisito isso...

– Muito mesmo! Mas o nome do seu namorado está causando nas notícias – riu Nadine. – Deixa eu ver... "*Night biker* é o primeiro a encontrar cedro sem folhas"...

– *Night biker*? – agora foi a vez de Lygia rir. – Que exagero!

– É o que está escrito – riu Nadine.

E assim, seguindo da notícia para depois mais umas fofocas, ainda conversaram por quase uma hora até que Lygia se lembrou do pedido da mãe.

– Olha, tenho que sair agora. Mamãe pediu para eu comprar algumas coisas no mercado.

– Vá lá! A gente vai se falando. Beijinhos, florzinha!

– Beijo!

***

– Maracujá e limão – Lygia respondeu, decidindo os sabores do sorvete. Aproveitou que a sorveteria ficava ao lado do mercado para se refrescar um pouco do calor.

Na rua, com a pequena colher de plástico presa pelos lábios, a garota pegou do bolso traseiro da calça o celular que acabava de tocar. Era Nadine.

– Florzinha! Esqueci totalmente de perguntar sobre o trabalho de Geometria!

– Ada vai começar e a gente continua – Lygia explicou, segurando a colherzinha.

– Ah... Certo!

– Mas, do jeito que ela é, é capaz de fazer tudo sozinha.

– Se fizer, melhor pra nós.

– Não acho... Mas ela ficou de combinar algo...

– Falando em combinar, amanhã é terça – raciocinou Nadine. – Depois da aula, a gente podia ver aquele documentário que estreou nos cinemas.

– Posso chamar o Tales?

– Pode. Na realidade, estava pensando na turma toda. Pede para ele chamar os meninos. Mas avisa logo que não vamos comer naquele canto de sanduíches gordurosos...

– Eles não vão deixar de comer carne! Desista, vegetariana! Agora preciso desligar. Meu sorvete está derretendo.

– Beijinhos, florzinha!

Ao guardar o celular, Lygia colocou uma boa porção de sorvete na boca. A sensação gélida percorreu a face até atingir a testa. A garota virou o rosto de lado para aliviar o incômodo. Algo, porém, despertou sua atenção.

Esmeralda conversava com um senhor. Ele aparentava ter mais de cinquenta anos e era baixo. A testa se unia à calvície, e os cabelos que se seguiam sobre a cabeça eram de um branco meio acinzentado.

"Quem seria aquele?", pensou.

Sabia que não era o pai de Esmeralda. A amiga já havia contado que ele abandonara a mãe quando ela era pequena... No entanto, Lygia não conhecia muito sobre a família da amiga que se unira ao grupo no ano passado. Mas resolveu se encaminhar para o lado de Esmeralda e do senhor desconhecido. Coincidentemente, eles, que conversavam parados, começaram a andar em sua direção. Mas pareciam não tê-la notado.

Aproximaram-se.

Por trás da armação e das lentes, os olhos de Lygia viram os olhos verdes de Esmeralda. Lygia sorriu, mas Esmeralda não. Ela continuou a conversar com o senhor, como se não tivesse visto a amiga.

Esmeralda e o senhor passaram ao lado de Lygia, que ficou apenas observando os dois se afastarem.

"O que deu na Esmeralda?", Lygia se perguntou.

Em seguida, ela colocou na boca mais do sorvete, agora com os dois sabores misturados, segurou novamente a pequena colher de plástico com os lábios e rumou para casa intrigada sem entender nada.

Alec

Alec seguia para a casa de Tales. Iriam fazer o trabalho de Geometria do professor Elmo. O rapaz chegaria atrasado, mas por uma excelente causa.

O sorriso no rosto de Alec denunciava o segredo. Ele ainda sentia a pressão da boca de Ada sobre a dele. Queria mais.

– Tales! – chamou, chegando à casa do amigo.

– Entra aí! – Tales apareceu e abriu o portão. – Um bocado atrasado, hein?

– Foi mal...

– Grandão e Ryan foram à padaria comprar algo pra gente comer. Armário, geladeira, tá tudo vazio por aqui.

– Sem pro!

Na sala, Tales entregou uma folha repleta de cálculos e desenhos para Alec, que se sentava à mesa.

– Estamos bem adiantados – falou o amigo. – Confere aí as contas que a gente já fez.

Alec, ao examinar superficialmente o papel, fez uma careta.

– Não entendo nada do que o Elmo explica. Geometria é muita viagem!

– Pelo jeito, quem vai fazer o trabalho todo sou eu e o Ryan. Grandão também não está ajudando muito...

– Vai! Dá a fórmula do seu teorema que o professor ensinou hoje – pediu Alec. – Vou tentar pelo menos resolver um cálculo.

– Faz o quinto quesito. É pra encontrar o valor de X – explicou Tales. – É a fórmula do feixe de retas: AB sobre BC igual a A tracinho e B tracinho sobre B tracinho e C tracinho.

– *What*? – a cara de Alec não poderia ser de maior não entendimento.

– Vê aí! – Tales desistiu de explicar e mostrou a fórmula na página do livro.

$$\frac{AB}{BC} = \frac{A'B'}{B'C'}$$

– Caprichaste na leitura, hein, Tales de Mileto? – ironizou o amigo.

– Deixa de onda! – o outro retrucou.

Acompanhando o exemplo, Alec foi substituindo as letras pelos números. A princípio, não estava tão difícil. Só os pensamentos que não estavam cooperando. Eles estavam com Ada. Ela, com certeza, responderia todos aqueles cálculos num instante. A mais inteligente e gata do colégio...

– Você está rindo do quê? – quis saber Tales.

– Nada não...

– Fala logo, Alec! Que cara de bobo é essa?

– Cara... Fiquei com a Ada!

– Tá brincando?!

– Foi, pô! Na rua detrás do colégio – e fez uma breve pausa. – Ela é demais, véi!

– Já sabia que você estava a fim dela. Mas não se anima muito por coisa séria. Ada não quer saber de namoro.

– E quem falou em namoro?

– Eu sei... Só estou alertando. A Ada só quer saber de estudar... e ficar. Foge de qualquer coisa que exceda a isso.

– Experiência própria? – inquiriu Alec com cinismo.

– Também – Tales sorriu. – A gente ficou algumas vezes no começo do ano. Achei que iria rolar algo sério, mas não entendi foi nada que se passa naquela cabeça.

– Relaxa que eu descubro – gracejou Alec, piscando o olho.

– Vai sonhando! – asseverou Tales.

– Atrasei porque estava sonhando com ela!

– Dispense! – riu o amigo.

– Do que é que vocês estão rindo? – perguntou Ryan, chegando à sala com algumas sacolas.

– Nada não – desconversou Tales.

– Deixa eu contar!

Alec não entendeu por que Tales balançava discretamente a cabeça, sugerindo uma negativa.

– Fiquei com a Ada hoje na saída do colégio!

Silêncio.

– F-oi...? – balbuciou o recém-chegado.

– Minhas mãos fizeram a festa naquelas curvas!

– Respeita a menina! – esbravejou Ryan.

– Que é que há? – estranhou Alec, se levantando.

– A Ada está apenas confusa!

– Confusa é algo que a língua dela não é... – gracejava Alec, quando foi interrompido por um soco de Ryan. – Está louco? – berrou, em seguida, furioso.

Alec e Ryan trocaram ainda alguns socos. Só não brigaram mesmo porque Tales e Gaetano, que acabava de entrar, conseguiram segurá-los. Uma das sacolas que Ryan segurava rasgou no curto embate, derrubando tudo no chão.

– Qual é a de vocês dois?

– Nada não, Grandão! – respondeu Tales. – Estavam só brincando...

– Brincadeira séria essa, né? Alec tá com o rosto vermelho...

– Deixa pra lá, Grandão! – insistiu Tales. – Bora comer e voltar logo para os cálculos. Trouxeram o quê?

– Perdi a fome – disse Ryan, pegando as compras do chão. Depois, jogou-as grosseiramente em cima da mesa e saiu em seguida.

– Também vou – avisou Alec.

– Não! – impediu Tales. – Você fica!

Alec decidiu não falar mais nada. Pegou o lápis que também caíra no chão e retornou ao cálculo. No entanto, a cabeça fervia.

Pouco depois, Gaetano passou uma tigela com iogurte e granola para ele.

– Vê aí se tá certo – Alec pegou o lanche e entregou a folha de cálculos para Tales conferir.

Antes que o amigo pudesse comentar qualquer coisa, um celular tocou sobre a mesa. Tales atendeu:

– Oi, morzão!

Alec voltou a pensar na briga com Ryan.

"Será que o Ryan também...?"

– Peraí, que vou falar com eles – escutou a voz de Tales. – Vocês querem ir ao cine amanhã?

– Ver o quê? – perguntou Gaetano.

– Um documentário que estreou...

– Documentário? – reclamou Gaetano. – Só pode ser ideia da ecochata!

– Quem vai? – quis saber Alec.

– Lygia, Nadine, Ada...

– A gente vai! – respondeu Alec, se entusiasmando. – Pode confirmar!

Enquanto Tales voltava a falar com a namorada pelo celular, Alec já imaginava a oportunidade de ficar mais uma vez com Ada. Devorou a tigela de iogurte com granola.

***

Anoitecia quando Alec virou a esquina da rua da sua casa. Mas estranhou. Às dezoito horas, ela era mesmo movimentada. Alunos que voltavam da escola, o pessoal chegando do trabalho, vaivém de pessoas no mercado e na padaria. Agora tudo estava completamente parado. Todos estavam parados.

Aproximando-se do agrupamento na pracinha do bairro, Alec se assustou. Havia um buraco na copa do centenário eucalipto. Ao olhar para os lados a fim de encontrar alguém conhecido, o rapaz viu uma garota parecida com Esmeralda se distanciar com uma enorme mochila às costas. Mas ele não se ateve muito a esse detalhe. Preferiu perguntar a um vizinho o que é que estava acontecendo.

Nadine

As mãos ágeis de Nadine corriam pelo teclado e as páginas na tela se multiplicavam em inúmeras guias. A garota não perdia uma única atualização dos *blogs* e *sites* sobre preservação ambiental que acessava mais de uma vez por dia. Ela passou a mão pela nuca suada, mas sem desgrudar os olhos do computador.

– Caramba! O que será que está acontecendo?

Nadine ampliou as fotos em alta resolução do eucalipto com a copa devastada. Voltou para a área de trabalho e abriu uma pasta. Não demorou muito para uma foto do cedro da praça central da cidade surgir sem qualquer folha.

– Estranho... Muito estranho...

Ela bebeu mais um gole do chá-verde quase frio que repousava sobre um bloco de notas. Ao olhar para o cantinho inferior da tela, percebeu que estava na hora de ir para o colégio.

***

– Cinema na quarta é mais barato, Nadine. Por que logo hoje, terça? – perguntou Alec.

– Nas quartas, o *shopping* sempre está cheio – ela respondeu.

– Mas esse seu filme não vai lotar, não... – provocou Gaetano.

– Nem vem! – a garota reclamou. – Esmeralda também só folga nas terças quinzenalmente.

– Ela anda muito esquisita – comentou Lygia, abraçada a Tales.

– Nunca mais consegui conversar com ela direito... – disse Nadine.

– Que vestido lindo!! – exclamou Ada, se aproximando do grupo.

– É de algodão colorido, florzinha! Cem por cento ecológico!

Ada riu:

– Sempre atenta às questões ambientais.

– Sempre! Não podemos arrefecer! – confirmou Nadine. – Ah, hoje todo mundo vai comer no Planeta Verde!

– Não. Muito obrigado – recusou Gaetano.

Nadine fingiu que não ouviu.

– Desculpem o atraso – pediu Esmeralda, chegando afobada. – Tive que passar no estágio antes...

– No seu dia de folga? – inquiriu Lygia.

– A-hã... E o Ryan? – perguntou em seguida para desviar o assunto.

– Ele avisou que não poderá vir – respondeu Tales.

– Então, vamos! – comandou Nadine.

A turma saiu da pracinha, ponto de encontro em frente ao *shopping*. Ao passar pelo Departamento de Polícia Ambiental, ao lado, observaram a seguinte cena: algemado, um senhor, que aparentava ter bem mais de quarenta anos, de rosto envelhecido, descia da viatura que acabava de estacionar, conduzido por um policial bastante forte. Entraram na delegacia. Pouco depois, o policial retornou para pegar os pertences do senhor. Nadine pediu um segundo aos amigos e se dirigiu a ele:

– Oi, pai! O que houve?

Praticamente a turma inteira se entreolhou. Menos Lygia e Ada. Aquele era o pai de Nadine.

– Oi, meu amor! – ele respondeu. – O que você está fazendo aqui?

– Estou indo para o cinema com os amigos do colégio – a garota explicou.

– Não sabia que a Nadine era sua filha, Narbal – disse Gaetano, se aproximando do policial.

– Como assim? – ela se surpreendeu. – Você conhece o meu pai?

– A gente malha na mesma academia – esclareceu Narbal. – Quando está cheia, alternamos as séries nos aparelhos.

– Estudamos na mesma sala – continuou Gaetano.

– Mas você é mais velho do que ela, Grandão – comentou o pai da garota.

– Grandão? – Nadine não deixou de notar a presença do apelido.

– Sou dois anos mais velho. Minha mãe me colocou tarde no colégio e ainda por cima repeti um ano.

Nadine não gostou nada de saber que Gaetano era quase um amigo do seu pai.

– Mas, pai, essas ferramentas que o senhor está segurando... – ela mudou o rumo da conversa. – São usadas para desmatar, certo?

– Exato – respondeu Narbal. – Os facões, as enxadas e esta serra elétrica acabaram de ser apreendidos. Esse senhor estava desmatando uma área protegida por lei. Mas não creio que ficará preso por muito tempo...

– Por quê? – quis saber Lygia.

– É um pequeno agricultor que ainda não entendeu que não pode mais desmatar para fazer plantações.

– Atualmente não se fala de outra coisa na mídia – argumentou Tales.

– Mesmo assim. Ainda tem gente que não conhece a lei e gente que conhece, mas ignora as regras do jogo.

– E esse que acabou de ser detido? – perguntou Gaetano.

– Está no grupo dos que conhecem as regras, mas se recusam a jogar direito. Parece que somos os vilões quando fazemos essas apreensões. Mas estamos apenas colocando a bagunça em ordem – explicou Narbal. – Se já conversamos, e ele se recusa a colaborar, não há outro meio. Não temos todo o tempo do mundo para convencer a cabeça de uma pessoa.

A turma ficou calada por um instante. Os olhos de Nadine brilhavam, admirados pelo pai. Ele era um exemplo para ela. Ele era o seu herói.

– Mas vão para o cinema – falou Narbal. – E juízo, hein?

– Obrigada, pai! – e Nadine beijou o rosto vermelho-bronze do policial.

***

Ecolojas era o primeiro *shopping center* ecologicamente planejado com direito à reciclagem dos materiais descartados e plantio mensal de mudas como forma de compensar as emissões de gases causadores do efeito estufa. A energia utilizada em todo o sistema de iluminação era proveniente de placas que absorviam a luz do sol. Ninguém poderia mensurar o tamanho da alegria de Nadine naquele lugar que conseguia conciliar progresso e sustentabilidade. Fora que o prédio todo era verde, sua cor preferida.

A turma seguiu para a bilheteria do cinema.

– Qual o filme que a gente vai ver mesmo? – perguntou Tales.

– É um documentário aí, né? – quis confirmar Alec.

– Haja paciência para ver essas coisas da Nadine – criticou Gaetano.

– Para de ficar reclamando! – repreendeu a garota.

– E aquele filme ali? – inquiriu de novo o rapaz. – Filme de super-herói sempre é bom.

– Gosto, Grandão – respondeu Ada com um sorriso.

– Não, Ada! – censurou Nadine. – Viemos juntos e vamos juntos assistir ao documentário!

– É sobre o que mesmo? – questionou Esmeralda, dispersa.

– Árvores centenárias – respondeu Lygia.

– O documentarista Orlando Selva viajou por vários países pesquisando sobre árvores com mais de um século de vida e as histórias das pessoas ao redor delas – explicou Nadine.

– Que chato! – resmungou Gaetano. – Vou ver o do super-herói mesmo. Quem me acompanha?

– Eu vou – disse Ada, segurando firme no braço de Gaetano.

– Eu também – respondeu Alec.

– Alec! – reclamou Tales.

– Peraí! Você não falou que era um filme sobre árvores velhas – justificou o amigo.

– Documentário sobre árvores centenárias! – corrigiu Nadine.

– Dá no mesmo! – rebateu o rapaz.

– Não acredito que a gente vai se dividir! – exclamou Lygia, apoiando a amiga.

– Ninguém mais nos acompanha? – inquiriu Gaetano. – Então nos encontramos depois na praça de alimentação. Pela hora de início, as duas sessões devem acabar quase ao mesmo tempo.

– Te odeio, Gaetano! – esbravejou Nadine, furiosa. – Te odeio!

– Segura! – Esmeralda colocou uma cédula na mão da amiga. – Compra meu ingresso que preciso ir ao banheiro rapidinho – ela pediu antes de sair sem nem olhar para trás.

– Ai! – bufou Nadine, chateada com o comportamento dos amigos.

Gaetano

Quando Gaetano, acompanhado por Ada e Alec, voltou à praça de alimentação, apenas Tales estava sentado a uma mesa. Folheava um cardápio, calado.

– E aí? Gostou do documentário da ecochata? – ironizou Gaetano.

– Gostei – respondeu Tales, levantando a cabeça. – E não é nada chato. Conta cada história forte.

– E as meninas? Onde estão? – indagou Ada.

– No banheiro. Mas já estão voltando – acrescentou Tales ao olhar para trás. – Saíram chorando da sessão.

– Já decidiram o que vamos comer? – perguntou Alec, tomando o cardápio das mãos de Tales. – Bora pedir *pizza*?

– A gente vai comer no Planeta Verde! – asseverou Nadine, chegando. – E vê se para de acabar com os planos da gente – disse para Gaetano.

– Deixa de ser chata, Nadine! Nem parece filha do Narbal, que, ao contrário de você, é muito gente fina.

Vou comer *pizza* com a Ada e o Alec. Quem me acompanha? – perguntou aos demais do grupo.

– Florzinhas, vocês aceitaram experimentar a comida vegetariana do Planeta Verde hoje.

– Estou mesmo precisando fazer uma dieta – concordou Ada.

– Não, Ada – corrigiu Alec. – Você não precisa! Tá perfeita!

– O que é que você indica, Nadi? – perguntou a garota, não relevando o comentário do amigo.

– Tem salada com molho picante, uma massa integral e uns doces caseiros sem açúcar.

– Então não é doce – brincou Alec.

– O açúcar mais saudável é aquele encontrado no próprio alimento – rebateu Nadine.

– Vamos pedir uma *pizza* e uma porção de batatas fritas com bastante sal – provocou Gaetano.

– Você decidiu implicar comigo mesmo hoje, hein?

– Não vamos brigar, por favor! – pediu Lygia. – O que é que você vai querer, Tales?

– Serei sincero: não estou muito a fim da comida do Planeta Verde, não. Faz tanto tempo que comi *pizza*...

– Lá também tem – tentou argumentar Nadine.

– Mas não é bem aquela que a gente gosta... – ressalvou Tales.

– Daqui a dez anos todos vocês estarão hipertensos e obesos!

– Calma, Nadi! Deixa os meninos comerem a *pizza* deles. Ada e eu acompanhamos você.

– Cadê a Esmeralda, Lygia? – questionou Ada ao notar que o grupo não estava completo.

– Foi embora no meio da sessão – respondeu a amiga. – Mas não explicou bem o porquê.

– E viemos justamente hoje porque pensamos na folga dela – recordou Nadine.

– Saiu pela tangente! – gracejou Alec.

***

Na saída do Ecolojas, a turma conversava despreocupada. Mas, de repente, um moleque passou correndo e puxou a bolsa de Nadine pela alça.

A garota gritou. E o grito foi seguido por um estrondo. Era o moleque caindo no chão. Em seguida, Gaetano pegou-o pela gola da camisa esfarrapada e berrou:

– Bora! Devolve!

O moleque ainda hesitou.

– Bora!!

Assustado, ele entregou a bolsa para Gaetano e saiu em disparada após ser solto.

– O que aconteceu aqui? – perguntou Ada.

– Grandão colocou o pé para o moleque cair – explicou Tales.

Gaetano devolveu a bolsa para Nadine.

– Toma! Agora o cordão arrebentou.

MERCEARIA CAPITÓLIO

Nadine, visivelmente trêmula, esfregou a mão esquerda no ombro.

– Você se machucou? – perguntou Lygia.

– Não, não... Ai... – ela respondeu.

Perto da alça da camiseta, o ombro nu de Nadine revelava uma pequena mancha roxa.

– Eita! Está doendo? – inquiriu Gaetano, tocando de leve no machucado.

– Ai... Ai... – gemeu Nadine. – Agora que o susto passou, está começando a arder...

O mais forte da turma fez uma careta de solidariedade.

***

Gaetano, chegando em casa, jogou as chaves na mesa da sala. Entrou no quarto, trocou de roupa e, na cozinha, encheu o *squeeze* de água. Escutou os latidos do Halteres. Foi até a área e colocou a ração para o cachorro que ganhara do Tales há uns dois anos. Seguiu para a academia.

À noite, os aparelhos eram praticamente disputados a tapa. Quando chegou, Narbal já estava malhando.

– Legal saber que a Nadine estuda com um cara bacana como você – o policial disse.

– Que nada – refutou o rapaz.

Gaetano pensou em falar o que acontecera na saída do Ecolojas. Mas pareceria que estava querendo contar vantagem. Ficou calado.

– E aí, vai malhar o que hoje? – perguntou Narbal.

– Costas e ombros – respondeu o rapaz.

– É isso aí! Vamos continuar! – comandou o pai de Nadine, socando a palma da mão esquerda. Essas frases ele vivia repetindo durante os treinos.

Repentinamente, a música eletrônica que fazia as paredes da academia vibrarem parou. Gaetano escutou palavrões e queixas. Logo viu um dos instrutores aumentar o volume da tevê que ficava em frente às bicicletas.

Aproximando-se da televisão, o rapaz notou na tela a imagem de uma árvore de tronco enorme sem folhas.

– De novo?

Ada

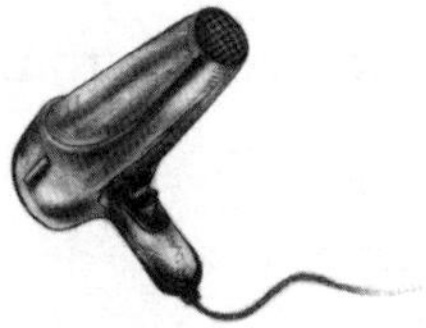

Ada entrou no apartamento perto das dez. Fora uma das últimas meninas a sair da academia. Malhar numa só de mulheres tinha suas vantagens e desvantagens. A desvantagem maior era não receber os olhares quase discretos ou maliciosos dos rapazes que levantavam ferro.

Ainda na sala, a garota tirou a camiseta e foi para a área de serviço. Não tinha ninguém. A mãe estava viajando a trabalho e só deveria voltar na semana seguinte. Ada tirou a calça colorida justa, ficando apenas de calcinha e sutiã. Ela precisava deixar a roupa suada da academia estendida para secar antes de lavar. Era recomendação materna.

Passando pela cozinha, Ada atacou uma barra de cereais da parte superior do armário e uma caixinha de suco natural.

– Que susto – falou baixinho, fitando a bolsa que usara mais cedo no Ecolojas sobre a mesa.

Ada sorriu marota ao se lembrar da coragem de Gaetano. Mas logo o rosto de Alec invadiu a sua mente.

– Agora ele vai ficar no meu pé – a garota reclamou, jogando as embalagens do lanche no cesto de lixo. – Será que ele não perceberá que a gente só ficou e nada mais? Não vai ter mais nada, Alec! – as duas tentativas do garoto de segurar a mão dela durante o filme foram a gota d'água.

Ada entrou no banheiro e tomou um banho demorado. Lavou bem os cabelos enquanto pensava no trabalho de Geometria que precisava enviar para as amigas. Estava quase pronto. Só faltavam uns dois cálculos.

Depois, ainda de toalha, a garota andou pela casa à procura do hidratante. Onde deixara? Ada encontrou o produto no quarto da mãe. Recordou que abandonara lá ao sair apressada para o cinema. Deitou-se na cama e começou a espalhar o creme pelo corpo.

– Tales está ficando mais bonito... Aliás, nunca foi de se jogar fora. Falam que o amor deixa as pessoas mais bonitas, então ele deve ter encontrado o seu. Lygia, minha amiga, você ganhou na loteria... – a garota sorriu ao se lembrar das vezes em que ficou com Tales no início do ano.

Ada se ergueu, vestiu a camisola com um personagem de desenho animado estampado e se sentou na penteadeira, pronta para desembaraçar os nós do cabelo.

– Ai... – gemeu baixinho quando o pente prendeu num pequeno nó nas pontas. – Não acredito que o Ryan também está a fim de mim. Faz tempo que ele não para de me olhar nas aulas... Ai... – gemeu novamente. – Será que ele não percebe? Não estou nem aí pra ele! Vou ter que dar umas cortadas. Caso contrário, ele vai grudar no meu pé como o Alec...

Ada se levantou para usar o secador. Esqueceu por um instante os garotos da turma enquanto acabava de arrumar o cabelo para dormir. Em seguida, entrou novamente no banheiro para escovar os dentes.

Mostrou ao espelho o sorriso perfeito. Era tão legal não precisar de aparelho. Aquele trambolho deveria atrapalhar em tudo. Para comer, para escovar e para beijar. Nadine deveria sofrer um bocado também na hora de fazer a manutenção daquele troço. Mas só em pensar na possibilidade de alternar as borrachas com as mais variadas tonalidades de verde isso deveria compensá-la de alguma forma.

Então, Ada recordou mais uma vez a cena de Gaetano recuperando a bolsa de Nadine.

"Grandão está cada vez mais Grandão", ela sorriu ao pensar no tosco trocadilho enquanto retirava do armarinho o enxaguante bucal.

Meticulosamente, despejou parte do conteúdo na tampinha e agitou o líquido ardido na boca, gargarejando e cuspindo em seguida.

Retornou ao quarto, se sentou na cama e abriu um livro. Estava cansada. Mesmo assim, leria um pouco. Queria ser uma das primeiras da sala a concluir a leitura sugerida do bimestre. E já estava bem adiantada.

Mas seus olhos fraquejaram logo nas primeiras linhas...

Quando Ada os reabriu, se surpreendeu. Não estava mais em seu quarto. Estava na quadra do colégio. Ao olhar para o próprio corpo, percebeu que estava completamente nua. A camisola com o personagem de desenho animado desaparecera.

Aflita, começou a gritar pelas amigas.

– Lygia!

Apenas o silêncio. Após as grades da quadra parecia não existir mais nada no mundo. Ada não conseguia enxergar absolutamente nada além delas.

– Nadine!

Mais uma vez só o silêncio como resposta.

– Esmeralda!

Outra vez recebeu de volta o silêncio.

Ada procurou se erguer. Mas, ao se levantar, sentiu os cabelos puxando para trás. Tateando, notou um rabo de cavalo igual ao de Lygia. De repente, sentiu algo em meio aos dentes. Era o aparelho de Nadine. E tudo ao redor inesperadamente ficou verde. Não precisou de mais de dois segundos para entender que seus olhos estavam da cor dos de Esmeralda.

Ada se atirou ao chão, arquejante.

Logo, percebeu que tudo voltara ao normal. Breve engano. De repente, seu corpo engordara! Estava com o dobro do peso atual. Ou o triplo.

– Não! Não! Não!

Ada acordou respirando tensa em seu quarto. Era apenas um sonho. Ou melhor, um pesadelo. Mordeu a gola da camisola para se certificar de que realmente acordara.

Um clarão vinha da sala e atravessava a porta do quarto. Esquecera a luz acesa. Levantou-se para apagá-la.

Ryan

Arfava. Ryan se ergueu lentamente para ir ao banheiro. A frente do calção estava manchada. Faltavam ainda cinco para as seis. Quase a hora de o despertador tocar. Os pais ainda dormiam.

O rapaz voltou para o quarto e trocou de roupa. Depois, seguiu para a sala e desabou no sofá.

***

– À tarde é o eclipse, né?

– Vai ser lindo, florzinha!

Ao atravessar a recepção do colégio, Ryan escutou esse pedaço da conversa de Lygia e Nadine. Levantou a armação com o indicador e apertou os dentes, decidido. Ou antes ou depois, aproveitaria o fenômeno para falar com Ada. Ou melhor, para se declarar para Ada.

Ada conversava com Gaetano no corredor. Ryan se aproximou da dupla.

– E aí? – cumprimentou.

– Falaê, meu velho! – e Gaetano deu um soco no ombro do amigo.

– Oi – Ada respondeu sem nem olhar Ryan.

– Vocês vão observar o eclipse solar na praça central? – ele perguntou.

– É claro! Vai ser massa! – respondeu Gaetano.

– E você, Ada, vai? – Ryan reforçou a pergunta, porque não queria a resposta do amigo, mas da "amiga".

– É lógico, né, Ryan? Todo mundo vai!

O sinal tocou.

– Vem, Grandão! Vamos entrar! – convidou a garota, excluindo o recém-chegado.

***

No intervalo, os olhos de Ryan tiveram uma trégua. Na sala de aula, não largavam a nuca de Ada que prendera o cabelo com um lápis. Mas ela agora sumira da sua vista.

– Você está no mundo da lua? – brincou Alec, surgindo ao lado do amigo e enxugando as mãos na calça. – Cuidado! Hoje, lá na Lua, vai estar mais quente. Afinal, ela vai bloquear todos os raios do sol!

Ryan se limitou a sorrir, no entanto sem qualquer ânimo.

De repente, os dois amigos escutaram um burburinho.

– O que é isso? – perguntou Alec.

Ryan deu de ombros. Igualmente não fazia ideia.

– Vamos lá ver! – chamou o amigo.

A dupla acompanhou o aglomerado de alunos que subiam a escada que dava para as salas do primeiro andar. Ryan, se aproximando de uma das janelas, se esforçou para observar o que estava acontecendo.

Lá embaixo, na rua, o professor Elmo discutia com seu Élio, morador da casa ao lado do colégio. A princípio, não deu para entender nada, mas, aos poucos, tudo foi ficando mais claro.

Seu Élio queria podar a centenária castanheira da calçada cujos galhos invadiam parte da sua casa. Mas Elmo, representando a direção, se opunha ao fato naquele momento:

– Não vamos podar esta árvore. É a sombra da nossa rua. É ela quem ameniza a temperatura aqui do bairro.

– Essa árvore está passando dos limites! Suja todo dia o meu telhado e a minha entrada – esbravejou seu Élio. – Tenho que varrer a frente da casa todo dia, sobretudo na época da floração. E essas raízes medonhas há muito estão querendo derrubar o meu muro!

– Mas não é assim que as coisas funcionam – argumentou o professor. – Temos que comunicar à prefeitura. A poda não pode ser feitar por qualquer um...

– Eu não sou qualquer um! Sou o morador mais antigo desta rua! Mais antigo até que esse colégio! Exijo respeito! Exijo a retirada dessa árvore! Se bobear, esse tronco está podre e a árvore vai desabar sobre a minha casa a

qualquer hora! E o senhor, professor, deveria ser um exemplo para esses alunos e respeitar os mais velhos! Eu não sou qualquer um! Sou o morador mais antigo desta rua!

– Olhe, não mexa na castanheira – pediu pacientemente o professor. – O intervalo já acabou e preciso colocar os alunos para dentro das salas. Já, já volto e ligamos juntos para a Secretaria de Meio Ambiente, a fim de verificar o que pode ser feito...

– Verificar nada! Chamar pra derrubar!

– Espere *pelo menos* a ligação – falou Elmo, perdendo a paciência. – Combinado?

– Fazer o quê? – resmungou seu Élio, se afastando.

Embate temporariamente encerrado.

Ryan percebeu quando Nadine começou a aplaudir. Muitos alunos acompanharam.

– Vamos, Ryan! Vamos! – convidou a garota saindo da janela. – Precisamos elogiar a atitude do professor Elmo! Vamos, Ryan!

Um atropelo de alunos desceu a escada para o pátio. Num segundo de distração, Ryan esbarrou numa garota, fazendo-a derrubar a barra de cereais e a caixinha de suco natural.

– Ryan!! Não olha por onde anda, não?

O barulho em volta desapareceu. O rapaz sentiu todos os olhares sobre os seus ombros. Tinha certeza de que estava vermelho. Logo Ada!

– Foi mal...

– Foi mal nada!

– Calma, Ada! – pediu Lygia se aproximando com Tales.

Nadine e Esmeralda apareceram também.

– Vejam só o que o Ryan fez! – Ada apontou com as mãos para o chão.

– Dei-xa eu-eu com-prar outro lanche pra você – sugeriu Ryan.

Nesse segundo, o sinal do colégio tocou.

– Agora é tarde – negou Ada veementemente e saiu.

– Vou atrás dela – avisou Lygia.

– Relaxa, Ryan – falou Tales, colocando o braço sobre os ombros do amigo. – Já, já você esquece a Ada.

Ryan sabia que isso não seria nada fácil.

Esmeralda

Os olhos verdes de Esmeralda acompanhavam os desenhos que o professor Elmo fazia no quadro. Era um exercício para casa, mas que ela não tinha a menor vontade de copiar. Queria ficar calada, distraída, pensando em absolutamente nada. Porém seu cérebro estava agitado. Eram tantas as preocupações, tantos os segredos, que levou um susto quando Alec tocou seu braço.

– Ei! Não precisa se assustar! – falou o rapaz. – Olha, a Lygia pediu pra eu te entregar isto.

Esmeralda já sabia o conteúdo do bilhete sem nem precisar abrir. Mas de toda forma desdobrou o papelzinho:

keru falar c/ vc!!

lygia

Ainda com a mão direita erguida enquanto com a esquerda copiava o exercício no caderno, Alec perguntou:

– Não vai mandar a resposta?

– Não... – ela respondeu vagamente, olhando a letra garranchada do amigo no caderno estropiado.

Alec recuou a mão.

– Beleza! Mas você não vai copiar a atividade, não? Vale ponto!

– Não quero...

– Eu quero. Ou melhor, necessito – brincou Alec. – Faz a atividade e quando ele te der o ponto, você me passa que eu já sei que este ano vou precisar de muitos. De novo.

– Vai estudar, Alec, e me deixa! – reclamou Esmeralda.

– *Oush*! Essas meninas devem estar tudo de TPM!

Esmeralda preferiu não dar ouvidos ao amigo. O sinal tocou, e ela foi a primeira a sair, largando sobre a carteira o recado de Lygia.

Depois que conseguiu uma vaga de jovem aprendiz no Instituto de Meio Ambiente de Verdejantes, Esmeralda não conseguia prestar mais atenção nas aulas. Achava tudo tão longe da sua realidade. Mas todas as atividades práticas do Instituto deixavam-na fascinada. Ela gostava da parte prática, não da teoria.

Esmeralda atravessou a faixa de pedestres, entrou num restaurante, pegou o prato e foi logo ao *self-service*. Uma das primeiras coisas que colocou foi carne. Muita carne. A garota comeu apressadamente, pagou e correu para a parada de ônibus. No caminho faria a digestão do almoço.

Nesta quarta-feira, Esmeralda largaria mais cedo por causa do eclipse solar. Mas provavelmente teria muito trabalho antes, pois folgara no dia anterior. Ela desceu do ônibus e ainda andou por uns dez minutos debaixo do sol. Sua pele estava ficando ligeiramente avermelhada por causa das caminhadas sem protetor.

Ao entrar na sala onde trabalhava, encontrou apenas a veterana do Instituto.

– Já estou saindo – ela avisou, se levantando.

– Já? – quis confirmar Esmeralda.

– Tenho umas coisas para resolver fora. E como o chefe não vem hoje, você fica com o meu cartão para passar também quando for sair.

Esmeralda segurou o cartão. Aprendera a guardar tantos segredos que, um a mais, outro a menos, talvez não fizesse tanta diferença.

– Tchau, parceira – acenou a veterana.

– Tchau...

Mal sentou na cadeira, o telefone tocou. A mão tremeu antes de atender.

– Alô?

– Jade! Sempre chegando cedo – elogiou a voz do outro lado da linha.

– Não combinamos de evitar esse tipo de ligação aqui?

– Não se preocupe. Ah, depositei o dinheiro na sua conta.

– Não precisava depositar nada!

– Mas você precisa tanto! Nem conta-corrente você tem ainda. Só conta poupança e aberta pela mamãe...

Esmeralda preferiu não responder.

– Hoje vamos trabalhar como nunca – avisou a voz do outro lado da linha. – Serão os minutos mais desafiadores da sua vida!

– O que você quer que eu faça desta vez?

– É assim que eu gosto! Está pegando o jeito da coisa!

Esmeralda não comentou.

– Aperfeiçoei o seu presentinho, e ele será entregue no local combinado. Faça sua parte com discrição. Ou melhor, como sempre faz.

– Não vou decepcioná-lo – a garota se resignou a dizer.

– E nem pode! Seria terrível se você falhasse – a voz do outro lado da linha ganhou um tom de galhofa. – Jade! Jade!

– Para de me chamar de Jade! Meu nome é Esmeralda!

– É que eu confundo os nomes das minhas preciosidades. Afinal, são duas pedras verdes!

"De tonalidades BEM diferentes", ela teve vontade de frisar. Mas só disse:

– Acho melhor desligar.

Após encerrar a chamada, a garota respirou fundo e procurou se concentrar no trabalho.

***

Às 15h30, Esmeralda desligou o computador moderno que nem tão cedo teria em casa e, ao passar pela portaria, passou os dois cartões pelo leitor.

Até que não esperou muito pelo ônibus que a levaria à praça central da cidade. Só que ele chegou lotado.

***

Ao descer na parada de ônibus, Esmeralda recebeu a nova mochila da sua colega de trabalho. Depois, seguiu para a praça sozinha.

A garota sentiu um aperto no peito ao olhar para o alto e ver os galhos sem folhas do cedro centenário. Doía no peito aquela terrível imagem.

– Horrível, né? Ainda não nasceu nenhuma folha...

– Oi, Nadine – cumprimentou Esmeralda, se voltando.

A atenção da garota já demonstrava que ela estava em ação.

– Me segue – falou a amiga, entregando um *folder* para Esmeralda.

Dessa vez ela não adivinhou. Precisou ler o que estava escrito. Mas nem bem seus olhos verdes alcançaram as primeiras letras, Nadine já foi explicando.

– Estou lançando hoje o meu *site* de notícias ambientais! Há algum tempo estava organizando. Percebi que hoje seria o melhor dia para divulgar.

– Pode deixar que eu vou acompanhar suas atualizações... – disse a amiga, observando o *logo* do *site*: um círculo com três folhas imitando o símbolo de material reciclável.

– Muito obrigada, florzinha!

Quando Nadine virou as costas, Esmeralda jogou o papel da amiga no cesto de lixo. Sequer olhara o endereço eletrônico. Não era hora para isso.

Esmeralda ergueu os olhos para o sol e vislumbrou a lua se aproximando.

– Falam que quem vê a lua durante o dia é preguiçoso... – o celular vibrou no bolso traseiro. – Então eu devo ser...

E se afastou.

***

Quando a lua encobriu totalmente o sol, o coração de Esmeralda bateu forte e suas mãos estremeceram. Ela sentiu ao mesmo tempo todos os seus medos reunidos.

– Ah!

***

O sol flamejante ressurgia no céu quando Esmeralda retornou à praça central de Verdejantes. A garota acabava de sair de uma viela transversal. Respirando fundo, tentava se acalmar, caminhando em meio às pessoas que observavam o espetáculo.

Ela viu Nadine entregando seus panfletos, Lygia abraçada por Tales e Alec mexendo no celular, parecendo tentar uma chamada. Mais à frente viu Ryan, soturno, passar ao seu lado sem notá-la e, encostados ao muro da prefeitura, Ada e Gaetano se beijando com avidez.

– Roubaram todas as folhas! – Esmeralda escutou uma voz aflita ao longe.

Parte II

A exposição

Domingo, 1º de junho.

Pouco depois do meio-dia, Tales pedalava veloz sua bicicleta. O suor escorria solto pelo rosto e as narinas notavam o ar seco. Sem parar, pegou o *squeeze* e bebeu dois bons goles. Acelerou ainda mais.

Dezenas de bicicletas estavam estacionadas no Centro de Convenções de Verdejantes. Tales prendeu a dele também e caminhou para a entrada bastante movimentada.

Lá uma enorme faixa apresentava o evento:

SEMANA INTERNACIONAL DE MEIO AMBIENTE
FUTURO E SUSTENTABILIDADE

– Verdejantes foi selecionada este ano para sediar a Semana Internacional de Meio Ambiente. Agora toda a cidade se volta para ações que promovam a reflexão e o debate acerca do futuro e da sustentabilidade de nosso planeta. De hoje até o dia 8 de junho, o Centro de Convenções receberá várias atividades com a finalidade de discutir a problemática dos nossos ecossistemas e estimular ideias mais verdes – dizia a voz da locutora, acompanhando imagens dos biomas brasileiros num grande telão no salão nobre.

Tales se juntou aos amigos que assistiam pela enésima vez àquela mensagem.

– E aí?

– Tales! Que bom que você chegou! – exclamou Nadine, procurando o crachá dele entre os três que pendurara no próprio braço. – Toma – e atrapalhou o beijo que Lygia dava no namorado ao tentar enlaçar a cabeça do garoto com o cordão verde-limão.

– Opa! – fez Tales, desenganchando o crachá da orelha. – Ah, o Gaetano mandou avisar que vai se atrasar.

– Pura falta de consciência ecológica – reclamou Nadine.

– Ada e Ryan na área – Lygia mostrou.

A turma percebeu quando Ryan perguntou algo a Ada, mas a garota não deu atenção. Talvez o barulho do local não tivesse permitido que ela ouvisse. O garoto levantou a armação com o dedo indicador, sua mania.

– Pronto! – falou Nadine, colocando os crachás na dupla recém-chegada como se fossem medalhas olímpicas. – O time já está completo. Ou quase. Mas também não tem problema. Quando o Gaetano chegar, ele liga pra gente e Tales entrega o dele.

– Estão sabendo que os ataques voltaram? – perguntou Ryan.

– Não! – exclamou Nadine.

– De novo? – quis confirmar Lygia.

– Quase agora – acrescentou Ada, demonstrando que já sabia da notícia e mostrando o celular. – Mais uma árvore perdeu todas as suas folhas. Dessa vez uma copaíba.

– Que contradição, hein? – falou Alec.

– Toda a cidade reunida para a Semana Internacional de Meio Ambiente e as folhas voltam a desaparecer. Desde março que nenhuma árvore era atacada – disse Tales.

– Ficar conversando sobre esses acontecimentos não vai adiantar em nada – asseverou Ada. – Acho melhor a gente aproveitar a Semana.

– Você tem razão, florzinha – concordou Nadine, triste. – Deixa eu ver... – e a garota abriu o aplicativo do evento no celular. – Podemos começar pela exposição de folhas do botânico Basílio da Mata. A sala fica aqui mesmo no salão nobre... – parou, olhando em volta, a fim de localizar o ambiente.

– Acho que é ali – apontou Lygia.

– Então vamos lá! – falou Tales, puxando a namorada pela cintura.

A exposição estava com um número razoável de visitantes àquela hora. Sob vidros, folhas novas e velhas, das mais variadas espécies, estavam à mostra.

– Bem... – observou Nadine mais uma vez no aplicativo –, pela foto, o Basílio da Mata, colecionador de todas estas folhas, deve ser aquele – e indicou com o queixo um homem alto, ruivo e de barba, que dava uma entrevista naquele momento.

– Parece ele mesmo! – disse Lygia, confirmando por sobre o ombro da amiga.

Andaram um pouco pela exposição antes de se aproximar de Basílio. Assim que a entrevista foi concluída, Nadine aproveitou para tietar:

– Que legal o seu trabalho! – elogiou a garota.

– Obrigado – ele agradeceu com simpatia. – Quando comecei não esperava que um dia fosse colocá-lo a público.

– E agora com todas as folhas da cidade desaparecendo de novo, vamos precisar mesmo de uma coleção assim para lembrar que um dia tivemos folhas... – brincou Alec.

– Alec! – Tales repreendeu o amigo, dando um leve soco no seu ombro.

– Seu amigo tem um pouco de razão. A situação está muito difícil. Acabei de saber pelo jornalista que me entrevistava que os ataques voltaram – comentou Basílio. – O inusitado de tudo isso, não sei se vocês já perceberam, é que apenas folhas de árvores centenárias sumiram em março, mas não próximas umas das outras...

A turma se entreolhou. O mistério se complicava.

Encontro esperado

Segunda-feira, 2 de junho.

Lygia acordou antes mesmo de o despertador tocar. Ansiosa, não conseguiu dormir direito. Mais tarde, a escritora Silvana Silvestre, reconhecida contista, estaria num bate-papo na Semana Internacional de Meio Ambiente e, em seguida, faria uma sessão de autógrafos.

Lygia já havia separado o dinheiro para adquirir o mais novo lançamento da escritora. E queria autógrafo. A garota devorou de novo todos os livros que tinha na semana passada. Ela amava muitos dos contos presentes neles.

Mal havia escovado os dentes quando o celular vibrou. Era Nadine, que caiu da cama e tentava falar com a amiga. Talvez Lygia nem estivesse acordada ainda. Mas se enganara. E Nadine ficou surpresa com a rapidez com que Lygia atendeu.

– Bom dia, Nadi!

– Nossa, florzinha!! Já de pé? O que aconteceu pra madrugar desse jeito? Achei que você nem fosse atender...

– Silvana Silvestre vem hoje para um bate-papo no Centro de Convenções! Será a primeira vez que vou vê-la pessoalmente. Nosso único contato foi pelas redes sociais.

– É a autora daquele livro que você me deu de presente de amigo secreto no ano passado?

– Isso mesmo! Está lembrada que você vai comigo no lançamento, né? A Silvana Silvestre vai lançar um livro de contos sobre a relação do homem com os animais!

– Ai, florzinha! Combinadíssimo! Liguei justamente pra chamar você e as meninas para irmos na Semana de novo! Tem tanta coisa acontecendo lá!

***

– Nem imaginava que ela era tão conhecida assim – comentou Ada, olhando ao redor.

O auditório B do Centro de Convenções estava lotado. Na primeira fila, Lygia, Nadine, Ada e Esmeralda. Lygia conseguira reunir as amigas. Mas seguia desconfiada, sobretudo, de Esmeralda. Ainda não havia esquecido o dia em que a amiga a ignorara.

Os pensamentos de Lygia foram interrompidos quando Silvana Silvestre subiu ao palco. Os leitores aplaudiram de pé a chegada da contista.

– Aaahh, assim vocês me deixam emocionada! Se eu chorar, vou borrar toda a maquiagem.

A escritora era baixinha, magrinha e tinha cabelos castanho-escuros, pouco abaixo dos ombros. Os leitores sorriram. E o bate-papo começou. No início, morno, mas depois a plateia foi perdendo a timidez e o debate esquentou.

Lygia, que alimentava há algum tempo o desejo de ser contista também, não pôde deixar de fazer uma pergunta.

– Oi, Silvana! Meu nome é Lygia. Eu gostaria de saber como é o seu dia a dia? Você é sistemática para escrever?

– Lygia! – exclamou a escritora. – Minha leitora fiel das redes sociais! Que bacana que você veio!

A garota só faltou cair para trás com o reconhecimento da contista.

– Bem... – Silvana continuou. – Minha agenda é muito agitada, sobretudo agora, porque estou viajando bastante. Mas gosto de trabalhar bem cedo. Assim que amanhece, estou na frente do computador produzindo, escrevendo ou revisando. As ideias surgem espontaneamente. Um episódio do meu dia, uma notícia ou um pedaço de uma conversa alheia que acabo aumentando... Antes de começar a escrever um novo conto, gosto de esquematizar como ele pode ser, pensar nos caminhos que o texto pode seguir... Às vezes, muda tudo durante a escrita! Mas, em geral, procuro tentar ler e escrever todos os dias.

Nadine sorria feliz pela amiga. Os olhos de Lygia fixos nos olhos da autora pareciam encantados. Eles exalavam felicidade.

Ada achava esse papo um pouco enfadonho.

E Esmeralda, preocupada, não conseguia se concentrar naquela conversa.

***

Apenas Lygia, Nadine e Ada foram para a fila dos autógrafos. Após o bate-papo, Esmeralda simplesmente sumiu sem dar qualquer justificativa para as amigas.

– O que é que está acontecendo com a Esmeralda? – indagou Nadine ao não encontrar a amiga. – Estava aqui ao meu lado e agora desapareceu.

– Ela anda esquisita... – comentou Lygia.

– Será que fizemos alguma coisa que a magoou, florzinhas?

Ada deu de ombros. Não se lembrava de nenhuma situação do tipo.

Lygia nem pôde comentar mais nada, porque era a sua vez de receber o autógrafo.

A garota abraçou a contista com força. Seus olhos marejaram de emoção. Respirou fundo.

– Lygia, né? – confirmou Silvana, pegando o exemplar e segurando a caneta pronta para assinar.

– Sabe... – Lygia hesitou. – Quero ser contista também – acabou confessando.

– Que legal! Já escreveu muitos contos?

– Alguns. Mas ando tão insegura que não tenho coragem de mostrar pra ninguém...

– Me manda!

– O quê?

– Me manda que dou uma olhada.

– Sério? Mas eu não sei se sou boa mesmo nisso...

– Se você quer mesmo ser contista, vai ser! Pode demorar um bocado, pois o mundo editorial está cada vez mais competitivo. Mas, mais cedo ou mais tarde, invariavelmente, você vai se tornar uma escritora.

Lygia sorriu. Era muito mais do que ela gostaria de ouvir. Nessa hora, as duas contistas escutaram:

– Ei! Psiu!

Lygia viu um homem acenando, mas não o reconheceu. Era negro, forte e de estatura mediana.

– Orlando! Vem cá! – exclamou Silvana. – Vocês me deixam dar um abraço no Orlando? – pediu a escritora para os leitores que aguardavam na fila.

Eles se afastaram um pouco, permitindo que Silvana desse um rápido abraço nele. Então, explicou:

– Gente, o Orlando Selva é meu amigo de infância! Estudamos juntos! Hoje ele é um documentarista premiado! Amanhã, tem uma sessão com o mais recente lançamento dele!

– Lygia! – Nadine eufórica exclamou, se aproximando da amiga. – Esse é o diretor do documentário que assistimos!

A amiga ergueu as sobrancelhas surpresa com a coincidência.

– Obrigado – agradeceu Orlando. – E quero aproveitar para falar que vou levar um dos seus contos para os cinemas.

Os leitores foram ao delírio.

– Sério? – surpreendeu-se Silvana Silvestre. – Fechado então!

Lygia e Nadine ainda escutaram uma parte da rápida conversa entre os dois.

– Mas antes quero você trabalhando como roteirista no meu novo projeto.

– Qual?

– Estou fazendo um documentário sobre o estranho desaparecimento das folhas de Verdejantes. Quero descobrir o que está acontecendo. Isso não é nada natural!

– Não é mesmo!

– Nós é que precisamos investigar!

– Me liga que a gente conversa – pediu a escritora, piscando para o documentarista.

***

"Nós é que precisamos investigar."

Aquelas palavras do documentarista estavam fixas na cabeça de Nadine. Ironicamente, na Semana Internacional de Meio Ambiente, o bizarro crime ambiental retornava.

***

Ao chegar em casa, Lygia leu o primeiro conto do novo livro da Silvana Silvestre. Curiosamente, o texto narrava a história de uma jovem que investigava um crime ambiental contra a fauna de uma reserva natural. A garota sorriu com a "quase" coincidência.

***

Pelo computador, Lygia e Nadine solicitaram a presença dos amigos no bate-papo. Lygia, Nadine, Tales, Alec, Ada, Gaetano e Ryan estavam conectados. Menos Esmeralda.

Entrando em ação

Terça-feira, 3 de junho.

Alec acordou tarde. Passava das dez horas quando conseguiu levantar da cama. As aulas do colégio estavam suspensas durante toda a semana para que os alunos e professores pudessem participar do evento que acontecia no Centro de Convenções. Se alguém da turma acordava cedo, somente Lygia e Nadine. Essas duas gostavam de madrugar. Alec não sabia como elas, mesmo ficando na internet até tarde, conseguiam levantar tão cedo. Ao olhar o celular, o rapaz percebeu que já recebera duas ligações de cada uma. Mas nenhuma chamada de Ada. Para ele, era só quem ainda interessava.

Alec queria ficar com Ada de novo. Mas ela não deixava que os dois ficassem a sós. Sempre havia alguém por perto. O rapaz entrou no banheiro, pegou o aparelho de barbear e retirou uns pelinhos aqui e ali do rosto. Mal acabou, o celular tocou. Era Tales.

– E aí, cara? Beleza? – Alec atendeu.

– Ei, você vai agora de tarde ver o documentário?

– Na sinceridade, não estou disposto. Mas, como combinamos, eu vou.

– Sei lá... Acho que eu não estava raciocinando bem ontem quando concordei com a loucura da Lygia e da Nadine. A gente não deveria se meter nessa história, não. De polícia pra mim, já basta aquela noite que passei na delegacia por causa do meu depoimento... Vamos almoçar antes?

– Bora. Ou melhor, tomar café. Acabei de acordar.

– Vai lá se arrumar, preguiçoso! Daqui a pouco passo aí!

***

Bicicletas não faltavam em frente ao Centro de Convenções de Verdejantes. Se as ruas do centro da cidade não tivessem ganho ciclovias recentemente, o trânsito estaria ainda mais caótico. Alec, Tales e Ryan esperavam Gaetano, preso no engarrafamento, para ir almoçar.

– Se você nos encontrar caídos aqui, a culpa é sua – bradou Alec para Gaetano.

– Calma! Já vou descer na próxima parada. Se segurem aí!

Alec desligou.

– E então? – quis saber Tales.

– Já está chegando. Mas vamos almoçar sem ele? – sugeriu o amigo, zombeteiro.

– Esperamos até agora. Vamos esperar mais um pouco – disse Tales.

– A gente vai acabar chegando atrasado – confirmou Ryan, verificando o relógio. – As meninas vão ficar bravas...

– Falando nelas... – Alec apontou na direção de Lygia, Nadine, Ada e Esmeralda que vinham ao encontro deles.

– E aí? Já almoçaram? – perguntou Nadine.

– Ainda não – respondeu Tales. – Estamos esperando o Grandão.

– Não acredito! – se exasperou a garota. – Assim vocês vão chegar superatrasados na sessão!

– Calma, Nadine! – disse Lygia, soltando o rosto de Tales após um beijo. – Eles ainda têm tempo. O complicado mesmo só vai ser guardar o lugar deles.

– Pronto! Cheguei!

– Até que enfim, hein, Grandão? – reclamou Alec, que não tomara café da manhã.

***

– Com licença! Com licença!

– Ai! Meu pé!

– Desculpa! Desculpa! Com licença! Com licença! Ufa! – Alec se sentou na cadeira reservada pelas garotas. – Agora vocês precisavam ficar no meio? A mulher ali quase me bate.

– Cala a boca, Alec! – resmungou Nadine.

O rapaz iria falar mais alguma coisa. Como as luzes se apagaram, desistiu.

***

– Boa tarde – cumprimentou Orlando, aparecendo em frente à tela enquanto passavam os créditos finais.

A plateia, que aplaudiu de pé o final do documentário sobre reservas particulares do patrimônio natural, se levantou novamente para bater palmas, impedindo o documentarista de falar.

– Ô povo puxa-saco! – comentou Alec, que se arrependeu no mesmo segundo do que dissera ao receber uma discreta cotovelada de Nadine na região das costelas.

Iniciou-se, então, um debate com o convidado. Depois, foi aberto um momento para que o público fizesse perguntas.

Alec pensava em outras coisas. E, apesar de não ser o mais estudioso da turma, muito menos o mais participativo, decidiu fazer uma:

– Por que o senhor resolveu ser documentarista?

O rapaz estava preocupado com a escolha que teria que fazer no próximo ano.

Orlando sorriu, apreciando a pergunta.

– Fiz faculdade de Cinema pensando em trabalhar com ficção. Escrevi alguns roteiros de curta e média-metragem, cheguei até a filmar alguns... Ganhei uns prêmios em festivais também... Aí, num desses festivais, fui ver a sessão dos premiados. Meu curta estava lá. Foi um dos primeiros a serem exibidos numa maratona que partia da produção mais curta para a mais longa, sem distinção de gênero. Quando estava indo embora, depois de uns três longas, começou um documentário que me fez sentar. Nunca mais esqueci a primeira frase dele: "Você está sempre indo embora". Achei forte e coincidiu com o meu comportamento naquele momento. Sentado novamente, ri e chorei tanto com aquele documentário naquela noite que decidi fazer um. Não gostei tanto do resultado do primeiro, mas a cada trabalho acredito estar amadurecendo mais. Tento colocar na linguagem cinematográfica a maneira como vejo o mundo, as questões que me preocupam, tudo o que me angustia. Na minha opinião, qualquer pessoa, ao contar algo para alguém, tem que falar daquilo que a angustia. Se não tiver o que te perturba, a história não despertará a atenção dos outros.

A plateia embevecida escutava as palavras do documentarista. Alec se surpreendeu com sua própria capacidade de perguntar e receber uma resposta sincera como aquela.

Após o debate, a turma procurou Orlando no palco.

– A gente pode falar contigo? – questionou Nadine.

– É claro! Eh... Acho que conheço vocês... – ele comentou se referindo a ela, Lygia e Ada.

– Estávamos pegando um autógrafo ontem com a Silvana quando você chegou.

– Ah, é claro! Lembrei! Mas o que vocês desejam comigo?

– A gente quer entender melhor o que está acontecendo com as árvores de Verdejantes. Você falou ontem com a Silvana Silvestre que vai investigar isso – explicou Lygia.

– Aí queremos ajudar de alguma forma – esclareceu Nadine. – Inclusive o Tales foi o primeiro a perceber o desaparecimento das folhas do cedro da praça central da cidade.

– Então, você é o famoso *night biker*?

– Mais ou menos...

– Hum... Pelo visto, vocês parecem já estar bem envolvidos nessa história. Talvez possam mesmo me ajudar...

Levantamento de dados

Quarta-feira, 4 de junho.

Tales, Lygia, Nadine e Alec esperavam ansiosos no jardim da pousada onde Orlando estava hospedado.

– Uma hora de atraso – comentou Alec. – Eu deveria estar em casa, jogando *videogame.*

– Deve ter acontecido alguma coisa... – defendeu Nadine.

– Ele deve estar dormindo – rebateu Alec. – Vou pra casa.

– Se é para ficar com má vontade, antes não tivesse vindo mesmo – disse Nadine, sem rodeios.

Tales e Lygia abraçados só escutavam a discussão dos dois sem se meter.

Alec se levantou e já ia se afastando quando avistou Orlando, que chegava. O documentarista não estava sozinho.

– Lá vem ele – Alec avisou aos colegas. – E está com mais dois...

Todos se voltaram. As garotas logo reconheceram um dos companheiros de Orlando. Na realidade, companheira. Era Silvana Silvestre. O outro, um loiro alto e magro, de cabelos arrepiados e com uma pequena barba cobrindo somente o queixo, era totalmente desconhecido.

– Me desculpem por toda essa demora – pediu o documentarista. – Decidi passar no hotel da Silvana para convidá-la para esta conversa. Imagino que não tenha nenhum problema.

– É claro que não! – respondeu Lygia antes que qualquer um pudesse abrir a boca.

– Lygia! Nos encontramos de novo! – exclamou a contista. – Isso é um bom sinal! Estou aguardando os textos, viu?

– Ah... Vou enviar. É que quero dar uma boa revisada neles antes...

– Esperarei.

– Turma, este aqui é o Teobaldo. Mas podem chamá-lo de Teo. Fotógrafo mundialmente conhecido e que também está trabalhando comigo no documentário. Aliás, nós três, antes de sermos profissionais, somos amigos desde os tempos de colégio, como vocês.

– Sério?! – quis confirmar Alec.

– Estudamos parte do Fundamental e o Ensino Médio todo juntos – complementou Silvana.

– Que legal! – exclamou Nadine.

– Mas vamos lá – coordenou Orlando, abrindo um caderno de anotações sobre uma das mesas do jardim. – Andei pesquisando algumas coisas e consegui duas entrevistas também. No geral, ainda sabemos muito pouco sobre o caso. Em linhas gerais, podemos observar duas constantes divulgadas pela mídia: estão desaparecendo somente as folhas de árvores centenárias e não há testemunhas. Ninguém presenciou os atos. As folhas somem quase como mágica.

– Mágica? – riu Alec.

– "Quase" como mágica – frisou Silvana.

– Seja como for, durante a noite houve mais um ataque – prosseguiu Orlando. – Uma castanheira que fica ao lado do Colégio Verdes Matas...

– O nosso colégio? – se espantaram os quatro adolescentes.

– Sério? – surpreendeu-se o documentarista. – A copa toda da castanheira desapareceu. Esta é uma variável que notamos: algumas árvores ficam totalmente desfolhadas, outras perdem boa parte da copa. Mas quem quer que tenha feito isso, deixou várias folhas caídas no chão. Coletamos algumas. Amanhã levaremos essas amostras para um químico, amigo nosso.

– Queremos saber se elas podem estar impregnadas com alguma substância ou apontar para qualquer coisa que ajude a solucionar o caso – esclareceu Silvana.

– Pelo que pude fotografar, as folhas não apresentavam nada de diferente – falou Teobaldo pela primeira vez. – Elas estavam intactas e a sujeira que notamos parecia mais de terra mesmo.

– E se o resultado das análises não apresentar nada de novo? – perguntou Lygia. – Permaneceremos no zero?

– Não sei... – respondeu Orlando. – Mas já mapeei todas as árvores que foram atacadas.

– Quem se interessaria por todas essas folhas? – questionou Tales, ainda sem entender.

– Esse é o mistério, Tales – asseverou Alec.

***

– Alô?

– Minha Jade! Minha pedra preciosa, conseguiu o que pedi?

– Não... que-ro fazer mais isso!

– Ora, ora! Está chorando? Não precisa soluçar. Parece até uma menina mimada longe da mãe.

– Seu crápula!

– Amo esse adjetivo que você me deu!

– Estou com o que pediu, mas não vou mais trabalhar pra você! Ontem me arrisquei muito. Quase fui mordida pelo cachorro do seu Élio.

– Ora, ora... Deixe de conversa-fiada! Mesmo com leves contratempos, o seu trabalho é perfeito. E você ainda não levantou nenhuma suspeita.

– Eu não quero ser presa!

– Por isso mesmo você vai fazer direitinho tudo o que eu mandar!

A garota segurou um xingamento na boca, se esforçando para engolir. Por pouco, não sufocou.

– O que é dessa vez?

– Mais uma coleta...

– Pera! Você falou ontem que seria só mais um serviço! Eu já fiz!

– Serão quantos eu quiser! Mas como esse se localiza num perímetro muito próximo a mim, tenha cuidado triplo. Aí, depois, dou umas férias pra você. E a nossa companheira volta ao trabalho. Fui obrigado a colocá-la de férias. Quase foi pega em flagrante, você sabe...

O lábio de Esmeralda tremeu.

– Onde está localizada a próxima árvore?

– Olha, olha! É assim que eu gosto!

– Vou acabar sendo presa...

– Não vai, não! Pode confiar em mim!

– Não confio em ninguém!

– Eu também não! Há-há!

– Para de rir e desembucha logo onde está localizada a próxima árvore.

– No Centro de Convenções.

– O quê?! Você não quer que eu aja lá em plena Semana Internacional de Meio Ambiente, quer?

– Por que não? Seria algo altamente estimulante.

– Eu me recuso.

– Tem certeza?

Pausa.

– Não...

Do outro lado da linha, a voz gargalhou como se tivesse escutado a piada mais engraçada do mundo. Esmeralda desligou e desabou no choro.

Afetos e desafetos

$$O=C=O$$

Quinta-feira, 5 de junho.

Quase toda a turma estava no auditório central do Centro de Convenções: Tales, Lygia, Alec, Nadine, Ada e Gaetano. Ryan não pudera ir. Esmeralda tinha ido ao banheiro. Silvana, Orlando e Teobaldo também estavam presentes. Todos esperavam a conferência do famoso químico Ítalo Costa, chefe do Instituto de Meio Ambiente de Verdejantes. A conferência era a principal atividade da Semana e foi agendada justamente para o Dia do Meio Ambiente.

– Também é amigo de vocês? – quis confirmar Nadine, perguntando a Orlando.

– Exato – respondeu o documentarista.

– Amigos, amigos, mas química à parte. Tenho ojeriza a essa disciplina – comentou Gaetano para Ada.

– Discordo, Grandão – contrapôs a garota. – É uma matéria muito gostosa de estudar.

– Gostosa é você – murmurou Alec bem baixinho, só o suficiente para ele próprio ouvir.

Mas Nadine escutou e deu uma discreta cotovelada no amigo.

– Ai... – ele gemeu, esfregando a lateral do corpo. Era a segunda que levava em menos de uma semana.

– Para de falar assim, Alec! Ela não é nenhum pedaço de carne. Ô menino sem noção!

– Agora a palestra está demorando – observou Lygia, consultando o relógio do celular.

– O voo do Ítalo atrasou – esclareceu Silvana. – Vem de Berlim. Mas o avião já pousou na cidade. Agora é só esperar ele vencer o trânsito – e se voltou para Orlando e Teobaldo: – Nosso amigo está muito importante. Se juntarmos nossos reconhecimentos, o resultado não dá metade do dele.

– Não dá para competir com o Ítalo – concordou o documentarista. – Ele é um gênio!

– Vou tirar fotos nossas com ele – avisou o fotógrafo. – Quem sabe assim pegamos um pouquinho de sorte.

Ada sorriu por dentro. Estava ansiosa por conhecer o renomado cientista Ítalo Costa. E aquilo não era sorte, era estudo. Já ouvira falar dele. Um jovem cientista brasileiro despertando a atenção do mundo inteiro.

– Cadê a Esmeralda, hein? – perguntou Nadine. – Ela saiu correndo para ir ao banheiro já faz tempo e ainda não voltou.

– Vai ver como ela tá – sugeriu Alec. – Meninas vão sempre juntas pra lá. Não sei por que vocês não estão com ela...

– Ela não quis – esclareceu Ada instantaneamente.

– A gente até insistiu, mas Esmeralda preferiu ir sozinha... – justificou Nadine. – Mesmo assim vou atrás dela – e se levantou para ir atrás da amiga.

De repente, Gaetano segurou com força o braço de Nadine. A garota se assustou.

– O q-quee foi?

– Compra refrigerante pra gente? – e, com a outra mão, mostrou uma cédula.

Com raiva, Nadine explodiu:

– Não pode tomar refrigerante no auditório!

– Então compra suco! – sugeriu Alec, gaiato.

Ela se desvencilhou de Gaetano.

– Não pode beber líquido nenhum aqui! – e seguiu seu caminho.

Os rapazes ficaram rindo.

***

Ao entrar no banheiro feminino, Nadine viu Esmeralda esfregando as mãos molhadas e trêmulas no cabelo.

– Aconteceu alguma coisa, florzinha?

Esmeralda pareceu se assustar com a presença inesperada da amiga.

– N-não... Na-da... Es-tou legal...

– Sua cara não está nada boa...

– Não precisa se preocupar. Era só ânsia de vômito. Acho que almocei rápido demais. Mas já passou... Estou melhor...

– Você vai voltar para o auditório?

– Não! – a resposta foi quase um grito. – Quer dizer... vou pra casa – Esmeralda tentou corrigir o tom.

***

Voltando ao auditório, Nadine notou uma agitação geral. O famoso químico Ítalo Costa havia chegado. A garota correu para o seu lugar.

– Nadine, olha! – disse Ada. – Ele não é um gatinho?

Ítalo era mediano para alto, magro e já tinha vários fios brancos misturados aos cabelos escuros, apesar de ser bastante novo. Mas Nadine, admirada com o comentário inusitado da amiga, preferiu não comentar nada.

– Boa tarde! Ou quase boa noite! – exagerou o químico ao palco. – A Lei de Murphy estava contra mim agora há pouco. Mas acho que a energia boa deste auditório acabou de quebrá-la.

– Continua bem-humorado – falou Silvana para Orlando.

– Não! Mentira! Quem são esses três aí juntos no auditório? Não acredito que conseguiram uma folga na agenda atribulada de vocês! Muito, muito obrigado pela presença, meus queridos amigos Sil, Teo e Landão.

– Ítalo cresceu, mas não mudou nada – comentou Teobaldo.

– E continua modesto – completou Orlando, enquanto acenava para o químico. – O tempo passa e ele não muda. Ainda se lembra da gente com carinho. E também do meu horroroso apelido.

Ada e Nadine observaram os comentários entre a escritora, o fotógrafo e o documentarista.

– Será que a gente vai continuar assim quando crescer? – perguntou Nadine.

– Não sei... – respondeu Ada, olhando para a turma. – O futuro é muito incerto.

Curiosamente, a frase de Ada foi pronunciada ao mesmo tempo que a de Ítalo Costa. Ela se sobressaltou na cadeira com a coincidência.

– O futuro é muito incerto – o químico fez uma pausa. – Sobretudo, quando a questão em debate são os problemas ambientais. Ora nossas previsões são muito exageradas, ora não conseguimos medir com perfeição o grau dos problemas que teremos de enfrentar. Hoje estou aqui para falar um pouco das pesquisas que estou desenvolvendo na nossa cidade de Verdejantes e na cidade europeia de Grün, na Alemanha. Aqui e lá pesquiso sobre carbono. O carbono não é o vilão. A produção de CO_2 é algo natural, parte integrante da vida na Terra. O problema é que nós aceleramos e produzimos dióxido de carbono numa quantidade muito maior do que aquela que o nosso planeta pode administrar. Por isso, estamos desenvolvendo um projeto...

Ítalo tomou um gole de água.

– Nosso projeto consiste em desenvolver máquinas de filtragem e limpeza do ar que transformam carbono em oxigênio. Nossos testes na cidade alemã de Grün, com o investimento que estamos recebendo de alguns empresários europeus, contam com esses equipamentos, que são bem grandes e ficam instalados no alto de prédios para que possamos ampliar as possibilidades de limpeza e filtragem do ar nas grandes cidades. Por enquanto, aqui no Brasil, só temos conseguido patrocínio suficiente para a produção de máquinas testes...

– Mas, dr. Ítalo, isso é trabalho muito pequeno, de formiguinha! Precisamos de medidas mais drásticas, mais radicais! E investimentos, sobretudo, de brasileiros, somente vão chegar se forem retornáveis e lucrativos rapidamente!

Um senhor que aparentava uns cinquenta anos, sentado duas fileiras à frente de onde estavam os adolescentes, se levantou com um vozeirão tão alto que conseguiu atrapalhar o andamento da conferência. Ele aparentava ter mais de cinquenta anos e era baixo. A testa se unia à calvície, e poucos cabelos que se seguiam sobre a cabeça eram de um branco meio acinzentado. Lygia reconheceu aquele personagem imediatamente.

– Bem, pessoal, esse aí é meu colega de trabalho do Instituto aqui no Brasil. É o dr. Ribeiro. Temos algumas divergências teóricas e pragmáticas também. Mas nem tudo na ciência caminha rapidamente – continuou a explanar o químico, voltando a olhar para todo o auditório. – É preciso ter paciência para refletir sobre os resultados das pesquisas. Mas é claro que não podemos parar. Esse nosso trabalho de formiguinha, como você colocou, abraçado por alguma multinacional, pode se tornar o trabalho de um formigueiro inteiro. E, no nosso caso, podemos falar com segurança que estamos com um padrão de qualidade sustentável de praticamente 100%. E atingir resultados assim não se consegue com muita velocidade. Estamos ainda muito longe de conseguir purificar o ar de grandes ou pequenos ambientes.

– Estamos em pleno século XXI – voltou a interromper Ribeiro. – Tudo tem que ser rápido! Muito rápido! Caso contrário, daqui a pouco, nossa espécie desaparecerá! Nas regiões mais pobres e mais poluídas do globo a situação já é insustentável! Se não avançarmos velozmente, tudo se acabará!

– Mas se não avançarmos corretamente aí é que podemos acabar com tudo – rebateu o conferencista com um sorriso.

O dr. Ribeiro pareceu sentir-se incomodado com a firmeza do posicionamento de Ítalo. E o senhor voltou a sentar-se, contrariado.

– Ele não deixa de ter alguma razão – comentou Ada para Nadine.

– Você concorda com aquele louco? – reagiu a amiga.

– Não falei que concordava. Concordo com as ideias e o projeto do Ítalo. Apenas falei que aquele tal de dr. Ribeiro tem um pouco de razão quando afirma que não podemos perder tempo...

– Não sei... – disse Nadine, confusa.

* * *

Ítalo girou a chave da porta de entrada do Instituto e, ao entrar, as luzes se acenderam automaticamente. Apenas Tales, Lygia, Ada e Nadine acompanhavam Silvana, Orlando e Teobaldo. A turma preferiu se dividir.

– Gostei de reencontrá-los depois de tanto tempo – disse o químico. – Estava com saudades. Fiquei fora mais de um ano dessa vez. Mas por que pediram uma conversa em particular? Ou quase... – acrescentou se referindo ao quarteto juvenil.

– Na realidade, queremos a sua ajuda – explicou Orlando. – Precisamos que você analise umas amostras. Ver se encontra impressões digitais, substâncias químicas ou qualquer outra coisa do tipo... – e tirou da mochila que trazia às costas um saco plástico com as folhas da castanheira.

– É o caso das folhas roubadas, né?

– Hum-hum... – fez Nadine, chamando a atenção para si. – Estamos intrigados com esse mistério. E o Tales foi o primeiro a descobrir o cedro centenário da praça da cidade desfolhado.

– Então, ele é o *night biker* da notícia? – quis saber Ítalo.

– Não sou *night biker* – Tales tentou negar pela enésima vez, mas sabia que seria em vão. – Apenas estava voltando da casa da Lygia... Mas... sou eu mesmo...

– Me tira uma dúvida? – perguntou o químico diretamente ao garoto.

Lygia sentiu uma tensão no momento. Tales se limitou a concordar com a cabeça.

– Naquela ocasião, você viu, ouviu ou sentiu algum cheiro estranho quando encontrou o cedro?

– Não lembro bem... Mas tenho quase certeza de que não. Teria mencionado no depoimento.

– Certo...

Com uma luva, Ítalo retirou três folhas do saquinho e cheirou-as. Depois, ergueu uma delas contra a luz. Em seguida, balançou a cabeça em negativa.

– A *priori*, nada de suspeito. Vamos, então, aos testes.

– Esperaremos o resultado dos exames – avisou Orlando. – Agora acho melhor irmos e deixarmos esta gurizada em casa.

– Irei fazer os testes agora mesmo...

– Não, Ítalo! Você acabou de chegar de viagem! Passou horas no avião. Amanhã, pela manhã, você começa – sugeriu Silvana. – Meninos, vamos?

– Eu não vou deixar pra amanhã – sorriu o químico. – Só precisaria de um assistente.

– Eu posso ficar – se disponibilizou Ada, prontamente. – Sou louca por química e seria muito legal colaborar.

– Está tarde – disse Silvana. – Seus pais podem reclamar.

– Moro só com a minha mãe, e ela está viajando. Mas não se preocupem. Eu moro nesse prédio novo que construíram aqui ao lado do Instituto e, mesmo assim, voltarei de táxi. Não precisam ficar preocupados.

– Se o Ítalo não se importar... – Orlando deixou a decisão nas mãos do amigo.

– Já pode ir pegando aquela bata, minha assistente – ordenou o químico.

Assim que todos saíram, Ítalo verificou os bolsos.

– Ah, não!

– O que foi?

– Não estou encontrando a chave do laboratório de análises. Ela fica sozinha num outro chaveiro. Deve ter caído no estacionamento do Centro de Convenções quando fui abrir a porta do carro. Tenho a péssima mania de volta e meia guardar as duas chaves no mesmo bolso.

– E agora?

– Vamos tentar encontrar. Lembro mais ou menos onde parei o carro. Não quero contratar um chaveiro amanhã. Mas, se não acharmos, passo no meu apartamento. Lá tenho uma cópia. Na volta pegamos uma *pizza*.

***

Ao chegarem ao estacionamento, Ada e Ítalo iniciaram a caçada à chave.

– Achei! – não demorou muito para a garota examinar o local apontado pelo químico.

No entanto, nem tiveram tempo de comemorar. Inesperadamente, escutaram um barulho esquisito.

– O que é isso? – indagou Ada. – Parece o vento, mas o ar está parado... – comentou a garota, observadora.

Aguçaram os ouvidos.

– Espera... – Ítalo fechou os olhos para se concentrar ainda mais.

– Vamos! – Ada comandou.

E ela saiu correndo pelo estacionamento, olhando para todos os lados, como se à procura de algo específico. Ítalo a seguiu.

Após alguns segundos, quando o som já sumira, os dois se depararam com a figueira do Centro de Convenções totalmente desfolhada.

Trocaram olhares apreensivos. Mais uma árvore centenária fora atacada.

Porém, quando miraram para o lado esquerdo, no gradil que cercava a área do estacionamento, viram uma sombra se afastar rapidamente, carregando algo às costas.

Ada estancou, temerosa.

Madeira de Lei

– O Ruy? – indagou Silvana.

Sexta-feira, 6 de junho.

Tales, Lygia, Nadine e Gaetano estavam reunidos no jardim da pousada onde estava hospedado Orlando. A contista, o documentarista e o fotógrafo completavam o time da vez nas investigações.

– Exato – confirmou Teobaldo, que não era de falar muito.

– Faz tanto tempo que não o encontro... – comentou Orlando.

– Quem é esse? E como pode nos ajudar? – perguntou Tales.

– O Ruy é meu primo – explicou Teobaldo. – Volta e meia esbarro com ele. Turismo de aventura sempre rende altas fotografias. E o Ruy conhece árvores como ninguém. Lembro que ele participou de um projeto de conservação chamado Madeira de Lei. Era alguma coisa sobre árvores raras da cidade de Verdejantes. Talvez possa nos ajudar a mapear todas as centenárias. Assim vamos descobrir quais são as árvores que estão correndo perigo.

– Alguma novidade sobre os testes do laboratório? – quis saber Nadine.

– Há pouco Ítalo ligou contando que não constatou nada nas análises iniciais – respondeu Orlando. – Mas fará outros exames.

– Que mistério! – exclamou Lygia.

– Estou perdido... – confessou Gaetano.

– Desta vez, o Orlando e eu não podemos ir com vocês – avisou Silvana. – Temos um compromisso com o pessoal da Semana.

– Mas vocês vão comigo! – asseverou o fotógrafo para os quatro amigos.

***

Após os cumprimentos iniciais, Teobaldo explicou ao primo, um baixinho de pele queimada pela exposição diária ao sol, o que os cinco vieram fazer na Reserva Ecológica de Verdejantes. Poucos minutos depois, todos estavam apertados numa pequena sala de reuniões. Sobre a mesa, mapas e fotos se espalhavam com bagunça.

– Então, a ideia é mapear as árvores atacadas e listar todas as outras, certo? – quis confirmar Ruy.

– É isso aí! – confirmou Teobaldo.

– Neste HD externo estão todos os arquivos do projeto e, inclusive, todas as fotos que tiramos naquela época.

Pena que você estava fazendo aquele curso nos Estados Unidos – Ruy se dirigiu mais diretamente ao primo. – Você foi o primeiro nome que pensei para tirar as fotos.

– É mesmo... – comentou Teobaldo, recordando-se. – Mas todas as árvores fotografadas entraram na exposição? Nem todas as raras eram centenárias...

– Tiramos várias fotos, de inúmeros ângulos e de todas as árvores que selecionamos inicialmente. O objetivo da exposição era que cada árvore de Verdejantes, seja por idade ou por espécie rara, estivesse presente – esclareceu Ruy. – Mas posso ajudar a selecionar.

– Essa exposição... – começou Tales. – Se todas as árvores centenárias estavam mapeadas, quer dizer que o responsável por tudo isso...

– Conferiu a exposição! – concluiu Gaetano.

– Pode ser verdade – cogitou Teobaldo.

– Mas se pegarmos... – Nadine se animou, mas depois baixou os ombros.

– O que foi? – quis saber Lygia.

– Tinha pensado no livro de assinaturas que geralmente assinamos quando vamos a uma exposição. Mas quem está por trás de tudo isso provavelmente não iria assinar o livro.

– É verdade – concordou o turismólogo. – Aliás, muita gente esquece. E como a exposição foi um sucesso, tivemos um livro inteiro de assinaturas. Não acho que seria viável procurar lá...

– Nenhuma árvore da reserva foi atacada? – perguntou Tales, intrigado.

– Na semana passada fizemos uma ronda e não encontramos nada de anormal...

– Mas os ataques retornaram esta semana – alertou Nadine.

– Então vamos verificar – afirmou Ruy, se levantando. – Topam uma trilha agora?

***

– Quer dizer que você cursava Administração de Empresas?

– A-hã... – confirmou Ruy. – Mas larguei a área.

Todos caminhavam por uma trilha dentro da reserva.

– Você poderia fazer muita coisa pelo meio ambiente lá – asseverou Nadine.

– Talvez. Mas tudo estava sendo desgastante demais. Quando comecei a estagiar, vi que aquele mundinho perfeito de ar-condicionado oito horas por dia não era pra mim. Fora os estresses. Essas entradas no meu cabelo começaram a surgir por causa deles. Não gostava do que fazia e vivia estressado. Minha saúde estava indo à ruína. Não queria adoecer. Aí, decidi largar o curso exatamente na metade para desespero dos meus pais e para comentário geral da família. Quando falei que iria fazer Turismo, então o mundo desabou. Mas eu sabia exatamente o que queria: cuidar do planeta, cuidando de mim primeiro. Tudo é uma questão de educação. Para ensinarmos aos outros, temos que ser educados primeiro, ser exemplo. E educação ambiental a gente pode conseguir de diferentes maneiras. Uma delas é levando as pessoas a conhecer o poder da natureza.

Lygia sorriu ao escutar essa palavra. Era aquela que estava procurando para o título do seu conto. Agora ele se chamaria *Poder*. Era isso mesmo que a natureza demonstrava para a garota. A pequenez que ela sentia e a imensidão do mundo significavam exatamente isso.

As duas garotas estavam distraídas, pensando naquelas palavras, quando escutaram o brado de Ruy.

– Não!

Tales, Lygia, Nadine, Gaetano e Teobaldo ficaram pasmos com o que viram. Uma imensa árvore completamente desfolhada.

– O nosso ipê-amarelo – asseverou o turismólogo.

***

Nadine se adiantou e, erguendo a mão, tocou no ipê-amarelo. A mão deslizou suavemente pelo tronco, sentindo sua aspereza. Com as costas da mão direita, tentou, em vão, deter as duas lágrimas que verteram rapidamente pela sua face.

– Eu não consigo acreditar! – Ruy repetia com raiva. – Chegaram mesmo até aqui?

– Estão extrapolando todos os limites – falou Tales.

– Ousam roubar as folhas deste santuário – Lygia estava com os olhos marejados. – O que vamos fazer agora?

– Quem está aí? – gritou Gaetano, assustando a todos.

Só então os demais integrantes do grupo perceberam o que o rapaz já havia notado: um vulto escondido em meio às folhagens.

Teobaldo, rápido, pegou a câmera junto ao peito e começou a tirar fotos.

– Saia agora! – ordenou Gaetano.

Mas o vulto não obedeceu. Disparou correndo pela mata adentro. Gaetano nem pensou duas vezes e saiu atrás. Tales, Teobaldo e Ruy seguiram-no. As meninas hesitaram.

– Não podemos ficar aqui sozinhas! – se exasperou Nadine.

– É melhor voltarmos pela trilha – sugeriu Lygia. – Eles são loucos!!

***

Gaetano e Teobaldo corriam na frente, seguidos por Tales e Ruy. Mas a mata fechada com seus galhos e raízes atrapalhavam.

Demorou um pouco até eles se darem conta de que não estavam mais seguindo ninguém. Perderam os rastros.

– Droga! – bradou Gaetano, furioso, esmurrando uma árvore.

– Caramba! – exclamou Tales. – O que foi aquilo?

– Era uma mulher – afirmou Teobaldo.

– Você tem certeza? – quis confirmar Ruy.

– É isso mesmo – o fotógrafo confirmou. – É uma mulher – ele fez uma pausa e verificou no visor da câmera. – Ou melhor, uma garota. Não dá para ver direito na foto, mas esta silhueta, eu tenho certeza, é de uma garota.

– Será que ela está envolvida nesses roubos? – perguntou Tales, se aproximando para ver a fotografia.

– Não há dúvidas – respondeu Ruy. – E ela se incriminou ao fugir.

– A-hã... – fez Gaetano, pensativo.

– O que foi? – quis saber Tales.

– Nada não – desconversou o amigo. – Agora como vamos voltar? Nos embrenhamos muito na mata...

– Acho que sei o caminho... – Ruy lançou o olhar ao redor, tentando se localizar. – Venham comigo.

***

Após alguns minutos de caminhada, conseguiram encontrar uma trilha e, seguindo por ela, desceram uma leve inclinação do terreno.

O sol já declinava no horizonte.

– Espero que as meninas tenham voltado pela trilha – confessou Tales, preocupado.

– Espero que elas não tenham inventado de nos seguir – comentou Gaetano.

– O que é aquilo? – perguntou Teobaldo.

Ruy apertou os olhos.

– Eita! Confundi as trilhas! – Saímos da parte preservada e entramos numa propriedade particular!

– Você trabalha como guia mesmo? – perguntou Gaetano, irônico.

– Grandão! – repreendeu Tales.

O turismólogo se adiantou para verificar melhor. Todos o acompanharam.

Estavam se acostumando às surpresas, por isso não estranharam tanto ao encontrar uma casa com traços modernos no meio da mata. Em seguida notaram uma movimentação.

De repente, uma mulher saiu pela porta dos fundos.

– Eugênia? – questionou-se Ruy, visivelmente confuso.

Uma pista

– Não estou lembrada de você, não.

– Estudamos juntos, Eugênia.

– Ruy?

– Sou eu mesmo.

– Eh... Esperem todos vocês aí. Ou melhor, me sigam agora!

Os quatro logo obedeceram. Eugênia acelerou o passo e deu uma volta na casa. Ao chegarem à entrada, perceberam mais uma árvore desfolhada.

– De novo, não – se exasperou Tales.

– De novo, sim! – rebateu Eugênia, subindo os degraus do pequeno lance de escada. – E para detonar com meu projeto!

– Era um plátano? – quis confirmar Ruy.

– Era – ela respondeu secamente.

Todos entraram na ampla sala da casa projetada. Tales e Gaetano olharam admirados ao redor. Não era uma casa para moradia. Parecia que tinha sido montada para uma exposição.

– Quer dizer, então, que vocês estavam fazendo uma trilha quando se perderam? – perguntou Eugênia, parecendo duvidar da história de Ruy.

– Sou fotógrafo profissional – Teobaldo tomou a dianteira das explicações. – E esses são meus primos Tales e Gaetano – mentiu. – Estou fazendo as fotos para o novo *site* da Reserva. Mas me empolguei quando vi um casal de micos-leões-dourados. Inventamos de nos enveredar pela mata atrás deles e acabamos nos perdendo.

O olhar de Eugênia denunciava que ela não acreditava muito naquela história. Mas preferiu deixar para lá. Seu semblante denunciava preocupações mais urgentes. Aliás, Tales e Gaetano acharam Eugênia muito linda. De cabelos escuros, lisos e curtos, na altura da nuca, combinavam com os olhos negros e vivos que contrastavam com a pele branquíssima. O corpo magro se movia com atitude.

– Então, senhor fotógrafo, faça o favor de não tirar nenhuma fotografia do interior desta casa. Toda a decoração é parte integrante do projeto da minha empresa de *designer* de interiores e só vamos levá-lo ao público no encerramento da Semana Internacional de Meio Ambiente. Portanto, exijo sigilo absoluto e a discrição de todos vocês.

– Fique tranquila que não vamos falar nada – respondeu Ruy.

Ela não agradeceu.

– Para complicar a situação, a árvore aí da entrada perdeu todas as suas folhas. Meu sócio não vai gostar nada...

– Por acaso essa árvore era centenária? – perguntou Gaetano.

– Era. Por quê?

Tales, discretamente, balançou a cabeça em negativa. Sinalizava para Gaetano não tocar na questão.

– Eh... Meses atrás o cedro da cidade também perdeu todas as suas folhas... – o amigo tentou consertar o deslize.

– E nesta semana outras árvores estão perdendo as suas. Não entendo o que está acontecendo – Eugênia desabafou.

– Vocês se conhecem? – perguntou Tales, indicando Ruy. O garoto queria mudar o rumo da conversa.

– Estudamos juntos – respondeu o turismólogo.

– Espanhol, não foi? – disse a *designer* secamente. – Seis meses?

– Dois anos – ele corrigiu.

– Ah... – ela fez, retirando-se da sala em seguida.

***

– Vamos dar uma volta – avisou Tales.

– Não vão demorar – pediu Eugênia. – Só vou colocar uns objetos na cozinha e outros nos quartos. Depois volto para a cidade.

– Não podemos perder a carona – asseverou Teobaldo.

– Não vamos demorar! – respondeu Grandão.

Os dois garotos decidiram sondar os arredores da casa. Queriam ver se conseguiam alguma pista que indicasse a identidade de quem estava roubando as folhas das árvores centenárias. Gaetano e Teobaldo sabiam que Eugênia não era suspeita por causa da silhueta diferente daquela que viram na mata.

Nem bem andaram dez minutos, quando Tales gritou:

– Grandão! Vem ver isso aqui!

Gaetano se aproximou depressa.

Tales ergueu uma pequena correntinha de prata com uma pedra verde na ponta.

– Ah!

– O que foi? – Tales se assustou com a reação do amigo.

– É o pingente da Esmeralda.

– Como é que é? Da Esmeralda?

Gaetano tomou a correntinha das mãos do amigo e examinou a pedra verde.

– Se lembra do dia em que fomos todos para o *shopping*? Acho que em março... Esmeralda estava de camiseta branca. Apesar de magrinha, você sabe... – Gaetano sorriu.

– Safado! – riu Tales.

– E tinha como não olhar? Mas, nesse dia, ela também estava usando este pingente.

Tales iria rir mais uma vez, no entanto algo mais importante invadiu sua mente.

– Como pode ter certeza que isso é da Esmeralda? Você falou de um jeito...

– Quer... di-zer... – gaguejou Gaetano. – É igualzinho ao dela. Depois a vi no colégio algumas vezes com ele também. Pode ser só uma coincidência, né? – tentou disfarçar o rapaz.

– Me parece absurdo pensar que isso pertence a Esmeralda – asseverou Tales. – Mas se ela estiver fazendo algo errado, metida em tudo isso, precisa arcar com as consequências.

– Não vamos comentar nada – disse Gaetano. – Mas eu fico com a correntinha...

Gaetano preferiu não falar nada para Tales. Mas a silhueta que viram na mata lembrava a de Esmeralda.

***

Tales e Gaetano retornaram. Teobaldo fotografava a árvore desfolhada. A dupla entrou na casa à procura de Ruy. Na sala, os dois rapazes escutaram uma conversa que vinha da cozinha.

– Como sempre salvando a própria pele – disse o turismólogo.

– Estou errada? – a *designer* perguntou. – Não fiz dois cursos à toa. Estou lutando pelos meus sonhos. É um direito meu.

– Tem todo o direito de fazer o quiser.

– Eu sei. Sempre estou certa.

Tales e Gaetano se entreolharam.

– Grossa, não? – balbuciou Tales para o amigo.

– Desde os tempos do colégio, você sempre acha que está certa – disse Ruy, agora irônico.

– Sempre soube o que eu quis. E esse é o meio jeito. Se acabei magoando outros, não tenho culpa...

– Sempre te achei tão fria...

– Eu não sou fria, Ruy. Só porque eu nunca te dei bola não quer dizer que eu não possa gostar de outro...

– O tempo passou. Crescemos.

– Ou quase.

– Nem agora poderíamos tentar, Eugênia?

– Por que você se tornou turismólogo? – ela indagou, como se não tivesse ouvido a pergunta dele. – Há um tempo fiquei sabendo que você estava trabalhando numa multinacional...

– Não era meu sonho.

– Nem namorar um turismólogo é o meu!

Tales e Gaetano escutaram sons de passos. Eugênia entrou na sala e, ao passar pelos dois, avisou:

– Está na hora de irmos.

Cálculo certo

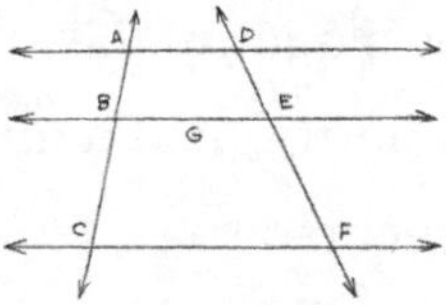

Tales acordou cedo no sábado, 7 de junho.

Às 8 da manhã, ele já tentava se concentrar no segundo cálculo da ficha de atividades que o professor Elmo entregara na sexta-feira antes da Semana Internacional de Meio Ambiente. Desta vez, o trabalho era individual.

– Até que as questões não estão difíceis, mas cadê que consigo me concentrar? – falou o rapaz para si mesmo. – Droga!

Tales se levantou da mesa da sala e foi para a cozinha. Tomando água, teve uma ideia absurda.

***

– Onde é que fica a casa da Esmeralda? – perguntou Gaetano assim que Nadine atendeu.

– O que você quer com ela, mal-educado? – quis saber a garota.

– Oooii, Nadine! Tu-do bom? E a fa-mí-lia co-mo...

– Não enche, garoto!

– Só preciso que você me fale onde é a casa da Esmeralda.

– Eu não sei.

– Nadine!

– Mas é sério! Eu e as meninas nunca fomos lá. Por que você não liga?

– Eu preciso muito falar com ela. Mas pessoalmente – explicou Gaetano.

– Então vá ao estande do Instituto no Centro de Convenções. Ela vai passar o dia inteiro lá hoje.

Gaetano nem agradeceu e desligou na cara de Nadine.

A garota, chateada, soltou um senhor palavrão.

***

Tales correu para o quarto, pegou a bermuda do chão e procurou num dos bolsos o papel com as anotações que fizera na sala de reuniões da Reserva. Desdobrou o papel amarfanhado. Mirou-o por um instante e seguiu para a sala.

O rapaz sentou-se novamente à mesa e colocou o papel em meio aos cadernos e aos livros. De repente, o feixe de retas do Teorema de Tales da questão que acabara de resolver parecia com os traços e as marcas no mapa das árvores centenárias e daquelas que tiveram suas folhas roubadas.

– Peraí... – hesitou o rapaz. – Isso é loucura!

Evitando pensar, pegou a grafite e começou a calcular.

– Se as retas que cortam o feixe de paralelas têm distância proporcional a cada nova paralela, significava que no crescente... Se o ipê-amarelo teve suas folhas roubadas, a próxima árvore a ser atacada é a que está marcada no mapa... – de repente, Tales teve um estalo.

Saltou da cadeira correndo, seguiu para a garagem de onde pegou a *bike* e saiu em disparada.

– Eles voltarão a atacar a Reserva! Eu já sei qual vai ser a próxima árvore!

Na rua, Tales tentava ligar para a Reserva e para Orlando, mas ninguém atendia. O jeito era chegar lá o mais rápido possível.

Mas sua pressa acabou por atrapalhá-lo. Ao dobrar a esquina, Tales perdeu o controle da bicicleta e subiu à calçada ao tentar se desviar de um homem. O rapaz caiu no chão, lanhando o joelho legal.

– Ai...

E antes mesmo que pudesse se preocupar com o transeunte quase atropelado, Tales escutou uma voz familiar:

– Calma, rapaz! Que pressa toda é essa?

– Valeu, professor! – Tales viu a mão estendida do professor Elmo.

O professor de Geometria exibia seu sorriso simpático. O cabelo escuro e liso estava, como sempre, arrumado com gel.

– Caramba! Seu joelho! Está doendo?

– Pouco... Mas não posso parar agora.

– O que foi que aconteceu?

– Acho que descobri qual será a próxima árvore que vai perder todas as suas folhas.

E

– Como assim? – perguntou o professor sem entender.

– Não posso explicar agora – falou Tales. – Tenho que ir para a Reserva.

***

Gaetano entrou no *hall* do Centro de Convenções. Iria encostar Esmeralda contra a parede. Ela precisava confessar.

– Eu tenho a prova em minhas mãos – ele disse para si, apertando a correntinha dentro do bolso. – Ela não vai poder mentir.

Mas, ao ver a garota, o rapaz desistiu. E ficou decepcionado ao perceber que deixara sua imaginação voar longe.

Lá estava Esmeralda conversando com uns visitantes e exibindo o seu pingente verde.

***

– Como é que você descobriu a próxima árvore que será atacada?

O professor acompanhava o aluno rumo à reserva, enquanto tentava compreender toda aquela confusão. Tales sorriu:

– Vai soar bizarro, mas foi com o Teorema de Tales.

Elmo estancou.

– Que brincadeira é essa?

– Não é não, professor! Não é nenhuma brincadeira! O senhor mesmo pode ver – e Tales sacou do bolso da bermuda o papel amassado com o cálculo junto aos esboços de um mapa. – A distância entre as árvores atacadas recentemente pode ser calculada com o teorema. Isso significa que há certa exigência para a coleta das folhas.

– Espera – fez o professor.

– O que foi?

– Calculaste errado, Tales!

– O quê?

– Olha!

E o aluno acompanhou a mão do professor, que rapidamente corrigiu o engano.

– Na ansiedade, você acabou errando o mais simples.

O rapaz se envergonhou do deslize que cometera e que poderia colocar tudo a perder.

***

Esmeralda sentou-se num dos bancos do estande.

– O que achou do presentinho? – perguntou sua companheira de trabalho do Instituto.

A garota segurou a pedrinha verde.

– Incrível como você conseguiu encontrar uma igual...

– Foram meus contatos – riu a parceira.

Mas Esmeralda não teve o menor ânimo para sorrir.

***

Tales e Elmo chegaram à Reserva. Por sorte, Ruy estava na recepção.

– Mais uma árvore da reserva perderá todas as suas folhas! – anunciou Tales, afobado. – E eu sei qual é!

– O quê?

Apenas na trilha, o turismólogo se deu conta do que estava acontecendo.

– Isso é uma loucura, Tales!

– O cálculo está correto – defendeu Elmo, que acompanhava os dois na caminhada. – 150 metros do ipê-amarelo.

Pouco depois, o ipê surgiu totalmente desfolhado diante dos três. Então, eles não conseguiram conter a ansiedade. Correram em direção à árvore que poderia estar...

– Sem folhas – constatou Tales, desanimado, ao ver a andiroba atacada.

Parte III

Cara a cara

Setembro, 21.

Mais de três meses depois da Semana Internacional de Meio Ambiente de Verdejantes nada havia sido solucionado. Os ataques também pararam após o evento. A princípio, houve uma inquietação geral para saber o motivo daqueles estranhos roubos. Aos poucos, porém, a população foi deixando de lado.

Mesmo assim, na véspera do aniversário da cidade, que agora completaria 370 anos, o passado voltava à mente dos cidadãos com uma nódoa na comemoração. O maior jornal da cidade publicara uma grande matéria falando da ironia sobre o Dia da Árvore, a festa de Verdejantes e o mistério ainda não desvendado das árvores desfolhadas.

Era como se o tempo tivesse parado. Assim como as reuniões dos alunos do 2º ano com Orlando, Silvana e Teo, que foram rareando até parar, igualmente ao caso das folhas.

– Mais de três meses? – repetiu Tales, parando momentaneamente de pedalar.

– E nenhuma novidade em todo esse tempo – comentou Lygia também de bicicleta. Ela, cedendo às insistências do namorado, comprara uma.

Os dois desceram das *bikes* na hora de cortar a faixa de pedestres. Esperaram o sinal fechar para os carros. Atravessaram e, voltando a montar, continuaram rumo ao colégio.

Era sexta-feira. Na entrada, os alunos se arrastavam querendo que a manhã, que ainda nem começava direito, acabasse. De noite haveria festinha no centro, e isso era o tema das conversas e a principal preocupação da maioria. Exceto de Ryan. Ele iria fazer a segunda chamada de Geometria.

– É hoje? – perguntou Tales ao amigo, que, sentado no meio-fio, estudava com o livro e o caderno abertos sobre as pernas.

– É – Ryan respondeu, retirando os óculos e esfregando os olhos. – Minhas notas em Geometria estão um lixo. Sem sombra de dúvidas já estou na final.

– Por que você não pediu ajuda pra Ada? – sugeriu Lygia, descendo da bicicleta. – Ela também vai fazer segunda chamada. Perdeu a prova porque ficou doente.

Ryan hesitou, mas explicou:

– Até que eu pedi, mas ela falou que ia estudar com o namorado...

Tales e Lygia trocaram olhares.

De repente escutaram uma freada brusca.

– Me abandonaram de novo, né?

Era Alec, bravo.

– Sua mãe falou que você tinha acabado de levantar e que ainda ia tomar banho, café... – respondeu Tales.

– E mandou a gente vir na frente. Achamos que você só fosse chegar no segundo horário – acrescentou Lygia.

– Sei... Pelo visto, comprei a minha *bike* pra vir pro colégio sozinho. Você só espera pela Lygia agora.

Tales riu.

– Como conseguiu chegar tão rápido? – quis saber Lygia.

– Desisti do banho. A gente precisa economizar água, né?

– Uma coisa é economizar. Outra é não usar – disse Nadine se juntando ao grupo.

– Ah, Nadine, dá um tempo – reclamou Alec. – Você é muito chata!

– Florzinha, vou comprar uma *bike* pra mim também – anunciou a garota, fingindo não escutar o comentário de Alec.

– Está todo mundo andando de bicicleta hoje em dia – disse Ryan, observando a movimentação em frente ao colégio. – Se eu não morasse tão longe, comprava uma pra mim também.

O sinal tocou.

– Está na hora de entrar – avisou Lygia.

– Espera – pediu Nadine. – Ada chegou.

Todos procuraram o ponto para o qual Nadine olhava. Saindo de dentro de um carro esverdeado, Ada descia enquanto falava com alguém no interior do veículo. Ainda não havia notado os amigos. Mas o grupo nem precisava ver o rosto para saber quem estava ao volante: Ítalo Costa. Ada e Ítalo estavam namorando.

Só depois de bater a porta, Ada percebeu os amigos. Sorrindo, caminhou para eles, balançando seus novos cabelos curtos:

– Bom dia!

– Florzinha, seu cabelo está lindo!!

***

Lygia não prestava atenção na aula de Geometria do professor Elmo. Seu olhar estava pousado em Ada.

A princípio, observara o novo corte da amiga, que deixava o pescoço nu, com admiração, mas agora estava sentindo algo diferente. Passou as mãos pelos cabelos compridos e presos num rabo de cavalo. Ficou com vergonha da sua falta de vaidade.

O sinal tocou, despertando Lygia dos seus pensamentos. Ela se levantou e, automaticamente, acompanhou os amigos até o pátio.

Estavam debaixo de uma mangueira quando o sol, antes encoberto, resolveu sair detrás das nuvens. A claridade aumentou.

– Sério que já faz mais de três meses? – exclamou Gaetano, que chegara na segunda aula. – Como o tempo passa rápido!

– E eu não me conformo que ainda não tenhamos descoberto nada! – revoltou-se Nadine.

– A Silvana me falou que o documentário do Orlando continua parado – disse Lygia. – Ela segue tocando outros projetos enquanto espera por alguma novidade...

E, olhando ao redor, a garota notou mais uma vez que Esmeralda não estava com o grupo.

– Ela não veio hoje de novo, né? – Lygia perguntou em seguida.

– Esmeralda vai acabar perdendo o ano desse jeito – comentou Tales.

– Outra coisa que precisamos descobrir – asseverou Nadine. – O que será que está acontecendo com a nossa amiga?

– Ela não é mais nossa amiga!

– Ada! – criticou Nadine.

– Uma amiga que sempre some e que não está nem aí pra gente? – questionou a garota. – Esmeralda há muito tempo já não é nossa amiga. Vocês ainda usam essa palavra simplesmente por consideração. E nem isso ela tem mais pela gente. Um dia desses, quando fui ao Instituto, ela fingiu que não me viu, deixando meu cumprimento cair no vácuo.

Com um argumento desses, Nadine não soube o que falar. Lygia preferiu não mencionar nada. Um silêncio chato pairou sobre o grupo por alguns instantes.

– A gente podia ir à Reserva – sugeriu Tales, quebrando a pausa.

– Trilha? – perguntou Nadine. – Eles voltaram a permitir trilhas no início do mês.

– Gostei da ideia! – concordou Alec.

– Faz já um tempo que a gente não sai junto – recordou Lygia. – A turma toda.

– Cadê o Ryan? – perguntou Gaetano. – Precisamos chamá-lo.

– Ele está estudando para a segunda chamada – respondeu Tales.

– Bem que você poderia estar estudando com ele... – comentou Lygia.

– O Ryan que estude sozinho – disse Ada, dando de ombros.

– Vou chamar a Esmeralda também – avisou Nadine. – Quem sabe desta vez ela vai?

– Vai perder seu tempo – afirmou Ada.

– Então, às 14h, na Reserva? – perguntou Tales, retomando o foco do convite.

– Fechado!

***

– O céu está imenso... – sussurrou Lygia, observando o céu intensamente azul. Sem qualquer nuvem.

Tales abraçou-a por trás, cheirando-lhe o pescoço. Ela girou dentro do abraço do namorado e beijou-o.

Em seguida, encarou seus olhos. Achou-os sorridentes. Por um segundo pareceram também zombeteiros. Lembrou-se de que Tales já ficara com Ada. Num lance rápido, se esquivou.

– O que foi? – estranhou o rapaz.

– Na-da...

– Não foi nada mesmo? O que aconteceu? – ele insistiu.

– A Ada é linda, né?

Tales estranhou a pergunta e decidiu não responder.

– E parece que a cada dia está mais linda... Você já ficou com ela... Mas agora está comigo e eu não sou tão bonita quanto ela...

– Ei! Ei! – repreendeu Tales, abraçando Lygia. – Que história é essa? Eu só "fiquei" com a Ada e faz muito tempo.

– No início do ano...

– Faz muito tempo!

– Nem tanto assim...

– Só ficamos, Lygia! Nada demais! Não vou negar que ela é bonita, mas quem falou que você não é? Você é a garota mais linda que eu conheço! Fora que é muito inteligente...

– A Ada sabe bem mais do que eu...

– Mas você sabe escrever e se expressar muito melhor que ela, minha contista!

Lygia abaixou a cabeça, envergonhada. Ou seria insegurança? Ela sempre sentia-se assim quando alguém comentava sobre a atividade que ela exercia quase como um segredo, como algo proibido.

– Já teve algum retorno sobre aqueles contos que enviou para a Silvana? – perguntou Tales, mudando o rumo da conversa.

– Nada ainda... – Lygia respondeu ainda de cabeça baixa. – A análise demora um bocado para sair. Sou apenas mais uma pessoa que escreve em meio a tantas outras.

– Mas você é especial – afirmou Tales, retirando os óculos da namorada e beijando-a lento, demoradamente...

– Rã-rã... – alguém coçou a garganta.

Era Alec. Nadine e Gaetano estavam com ele.

– Oi, turma! – cumprimentou Tales sem graça.

– Onde fazemos a inscrição? – quis saber Gaetano, que chegava cedo a um compromisso pela primeira vez.

– Já colocamos os nossos nomes – avisou Tales.

– Agora é só esperar pelo Ruy – esclareceu Lygia. – Ele será nosso guia, e falou que vamos conhecer a praça dos Dois Paus-Brasis!

– Agora se a Ada e o Ryan demorarem muito – começou Tales, mirando o visor do celular. – Vamos ter que ir sem eles...

***

– E agora, Ada? A turma já está na trilha... – falou Ryan após se informar com a recepcionista.

– Eu não vou ficar aqui parada como uma árvore – avisou Ada.

– O que você pretende fazer? – ele perguntou, levantando a armação dos óculos com o indicador.

– O meu nome não está na lista? Então, vou entrar – ela sorriu zombeteira.

Ryan arregalou os olhos por trás das lentes.

– Mas...

– Tá, tá bom, garoto – disse Ada com certo fastio. – Eu deixo você vir junto.

– Ada!

– Deixa de ser chato, Ryan! Não tem coragem de encarar uma aventurazinha na busca pelos nossos amigos?

Num segundo, aproveitaram a distração da recepcionista da Reserva e entraram na mata. Ao olhar para trás, Ryan notou que um segurança corria atrás deles.

– Ada!

– O que foi? – ela perguntou irritada.

– Vamos correr!

– Por quê?

– Estão atrás da gente!

A dupla acelerou. Mais adiante, Ada chamou, rápida:

– Por aqui! Vamos sair da trilha para despistá-lo.

Ryan nem pensou duas vezes. Era um pedido. Ou uma ordem de Ada. Acatou sem a menor reflexão da burrada que estavam fazendo.

***

O celular de Ruy tocou.

– É da recepção – o turismólogo estranhou. – Alô?

O grupo se entreolhou.

– Alô? Alô? – Ruy insistiu em vão. – Nem sei por que ainda insisto em atender. Ele não dá sinal direito mesmo. Vamos continuar!

Seguiram com a caminhada.

De repente escutaram um barulho parecido com o murmúrio do vento.

– Espera! – pediu Lygia, a primeira a perceber.

– O que foi? – perguntou Tales.

– Escutem – ela pediu.

Todos pararam. A princípio, apenas os murmúrios da floresta. Aos poucos, a turma foi percebendo também um ruído estranho, um zumbido contínuo.

– Esse som não é natural... – concluiu Nadine.

– De onde será que está vindo? – quis saber Gaetano.

– Será que vem da praça dos Dois Paus-Brasis!? – questionou-se Ruy, ressabiado.

Eles aceleraram o passo até a praça. E estancaram ao ver Esmeralda ao lado das duas árvores. Porém, uma delas estava sem qualquer folha.

***

Ada parou de correr e encostou o braço numa árvore qualquer. Arfava, respirando com dificuldade.

– Acho que conseguimos escapar – disse Ryan se aproximando, mas verificando o caminho que percorreram.

O rapaz se assustou com a mão gélida da garota que apertou o seu antebraço.

– Estou sem ar... – Ada balbuciou praticamente sem emitir som algum.

Ryan se sobressaltou.

– Asma... – Ada, após uns segundos, conseguiu explicar.

Ryan estremeceu. Ele precisava salvá-la.

***

Esmeralda estava com uma enorme mochila às costas de onde saía uma mangueira atrelada a uma boca triangular parecida com a dos extintores de incêndio. Mas ela não estava sozinha. Ao seu lado, uma jovem de cabelos ruivos tingidos, que aparentava ser poucos anos mais velha que ela, usava igualmente um equipamento idêntico às costas. E também Ítalo Costa estava presente, mas exibindo um terrível sorriso.

– O que vocês estão fazendo?! – perguntou Nadine, trêmula.

Num segundo, os olhos de Esmeralda se encheram de lágrimas.

***

Ada e Ryan regressavam. Ela se apoiava nas árvores. Tinham que voltar e pedir ajuda ao segurança. Era irônico: num minuto queriam fugir dele, noutro ansiavam desesperadamente por serem encontrados.

Ada tropeçou. Só não caiu porque Ryan, ao se voltar pela enésima vez para ver como ela estava, agarrou-a. Contudo, a situação se tornou embaraçosa. Uma das mãos do garoto segurou em cheio o seio esquerdo dela.

Por um breve segundo, o rapaz percebeu o coração da garota batendo ofegante. Ela afastou o braço dele com grosseria:

– Não se aproveita!

– Ei, vocês dois!! – o segurança reapareceu.

***

– O que é que está acontecendo aqui? – bradou Tales.

– Minhas duas pedras preciosas, continuem os seus trabalhos. Recolham todas as folhas que puderem! – ordenou Ítalo.

– Eu não vou fazer mais isso! – gritou Esmeralda, chorando.

– Continue, Esmeralda – pediu a jovem ao seu lado.

– Í-ta-lo... Você não pode estar envolvido nisso! – Nadine se recusava a acreditar.

Aliás, todos estavam incrédulos diante daquela cena.

– Acontece – ele riu, descarado.

– Eu não aguento mais fazer isso! – gritou Esmeralda mais uma vez.

– Vai aguentar, sim! – cortou o químico. – Nesta etapa só precisamos de mais essa árvore!

Nadine correu desesperada para a frente do pau-brasil restante.

– Vocês não vão levar mais nada daqui!

– É isso aí! – bradou Tales se aproximando de Nadine.

Logo todos estavam em frente à árvore centenária, tentando protegê-la.

– Vocês não vão nos impedir! – asseverou Ítalo. – Vamos, minha pequena Jade! Mostre para eles como trabalhamos!

– Meu nome não é Jade! Meu nome é Esmeralda!

– Jade ou Esmeralda tanto faz! – ele se aproximou da garota. – Vocês são as minhas duas pedras preciosas! Vamos, Jade? – perguntou à jovem ao lado.

– Só se for agora!

E, segurando o equipamento de Esmeralda com ela junto, Ítalo apertou o gatilho e um jato de ar começou a sugar todas as folhas do pau-brasil sobre as cabeças assustadas do grupo de amigos.

Recomeço

Era absurdo. Tales, Lygia, Alec, Nadine, Gaetano e Ruy observavam a cena assustados. Menos Esmeralda, para quem tudo aquilo já se tornara recorrente. Sugadas por aquela peça parecida com a saída de um extintor de incêndio, as folhas do pau-brasil se desintegravam, tornando-se ínfimas partículas, pequenos pontos verdes em suspensão no ar. A luz do sol lhes dava uma coloração um tanto diferente: um esverdeado escuro quase dourado. Não era difícil compreender que todas aquelas partículas seguiam direto para a mochila.

Os amigos tentaram agir, falar algo, mas não conseguiram.

O espetáculo durou apenas um minuto. Pareceu, no entanto, muito mais que isso. Tudo estava suspenso, inclusive a respiração da turma.

Tales foi o primeiro a conseguir falar alguma coisa:

– Não é possível – balbuciou.

– O que é isso, florzinha? – perguntou Nadine para Esmeralda.

– O que foi que você fez?! – gritou Ruy para Ítalo.

O químico sorriu e respondeu irônico:

– Isto, ora bolas! – e apontou com as mãos para o pau-brasil agora sem qualquer folha. – E vocês sumam daqui! – em seguida, sacou uma pistola.

Todos levaram um susto.

– Vamos! Desapareçam! – ordenou Ítalo. – Agora que sabem nossas identidades não temos mais nada a perder se eu atirar!

– Eles são só adolescentes! – tentou defender o turismólogo.

– Pra mim isso não importa – rebateu rindo o químico.

Após respirar fundo, Ruy disse:

– Podem ir embora. Não vamos segui-los – e, depois, abaixou o rosto.

– Hã? – Gaetano se alterou. – Como assim? Vamos deixá-los escapar?

Ele quis se adiantar, mas Tales e Alec o seguraram. Ítalo apontou a arma para o rapaz no mesmo segundo.

– Ele não vai fazer nada – bradou Tales, defendendo o amigo.

– Quer levar um tiro? – perguntou Alec, trêmulo, para Gaetano.

– Não podemos deixá-los escapar! – berrou Gaetano, inconformado. – Precisamos denunciá-los! Nadine!

Só então ele percebeu a garota chorando silenciosamente de cabeça baixa. Ao seu lado, Lygia a amparava.

– Agora não podemos fazer absolutamente nada, Gaetano – disse Nadine com a voz entrecortada. Em seguida, ergueu o rosto, encarando, por detrás dos cabelos despenteados, ora Esmeralda, ora Ítalo: – Vocês mentiram para os seus amigos! Nos enganaram! – e, focando a colega de sala, prosseguiu: – Apesar de esquiva, sempre procurei você para conversar, saber o que estava acontecendo. Mas você nos ludibriou impiedosamente! A seus amigos! De joia você não tem nada, Esmeralda! É pedra falsa! É pior que bijuteria!

Lágrimas corriam fartas pelos rostos de Nadine, Lygia e Esmeralda.

– E Ítalo... – Nadine se esforçava para continuar. – Como pôde enganar o planeta fingindo ser quem não é? Se apresenta como aquele que preserva a natureza, mas... Eu o odeio! – ela gritou furiosa.

– Ah, que lenga-lenga! – resmungou o químico. – Nós vamos embora. E vocês contem até cem antes de voltar! – e olhando para as suas assistentes, ordenou: – Vamos, minhas preciosidades!

Esmeralda hesitou por um instante, mas se resignou a seguir o químico.

– Esmeralda! – gritou Nadine em vão.

A amiga sequer olhou para trás. Mas respondeu de costas.

– Este é um caminho sem volta.

Ítalo e suas duas assistentes sumiram entre as folhagens.

– A gente só pode estar sonhando – comentou Tales.

– É surreal! – exclamou Alec.

– Não podemos deixá-los fugir! – bradou Gaetano, largando-se dos amigos.

– Precisamos avisar a polícia o mais rápido possível! – recomendou Lygia.

– Vamos voltar para a sede imediatamente! – convocou Ruy.

***

Regressaram calados.

– Vou avisar a polícia e vocês me esperem na recepção... – começou Ruy, se voltando para a trilha. – Peraí! Cadê os outros? – perguntou o turismólogo aos únicos que o seguiam, Alec e Lygia.

Eles não responderam.

– Não me digam que vocês deixaram...

Alec balançou a cabeça confirmando.

– Vocês enlouqueceram?

***

– O Ruy vai ficar uma arara quando perceber o que estamos fazendo – falou Tales, correndo atrás de Gaetano e Nadine.

– Não podemos deixar que Esmeralda fuja com eles! – disse a garota.

– Temos que prendê-los! – complementou Gaetano.

O trio largou o grupo, pouco depois de começar a voltar, para se aventurar no resgate de Esmeralda.

– Será que estamos mesmo no caminho certo? – perguntou Tales.

– Apesar de toda aquela tranquilidade, estão fugindo desesperados. Vejam os rastros que estão deixando – mostrou Gaetano.

– Calados! – ordenou Nadine para surpresa dos dois amigos.

Pararam, notando vozes próximas.

– Estamos perto – sorriu a garota.

– E ouçam – acrescentou Tales. – Esse barulhinho é água!

– É água, sim! – concordou Gaetano. – Acho que perdemos os rastros da outra vez porque fomos para o lado errado da Reserva. Provavelmente, eles seguiram para o lado do rio...

– Corredeiras – corrigiu Nadine. – Pela intensidade do barulho, não estamos perto de um rio, mas de corredeiras.

Os dois amigos se entreolharam.

– É isso aí! Vamos continuar! – comandou a garota.

– Taí – disse Gaetano, seguindo-a. – Nunca te achei tão parecida com o seu pai como agora.

Ela franziu o cenho sem compreender bem e prosseguiu.

Um minuto depois, se esgueirando por trás das pedras, Nadine, Gaetano e Tales encontraram Esmeralda e Ítalo discutindo.

– Eu não quero fugir com vocês! – ela berrava entre lágrimas. – Eu já falei!

– Estou perdendo a paciência! – bradou o químico.

– Deixa que eu falo com ela – pediu a assistente. – Escuta aqui, joinha! Escuta sua amiga Jade! Como você falou agora há pouco: isto aqui é um caminho sem volta. Se a gente não fugir, vamos ser presos!

– Me deixa ser presa!

– E deixar você abrir o bico no primeiro momento que for pressionada? Nem pensar! Você faz parte da organização toda! É parte da família do tráfico, joinha!

– Tráfico?! – espantaram-se os três amigos à espreita.

– A gente manda um táxi buscar sua mãe e vamos todos para a Alemanha! É lógico que depois de um tempo escondidos! Tudo vai ficar um pouco difícil agora. Mas se estivermos juntos vamos vencer!

– Se eu fugir vai ser pior... – tentou argumentar Esmeralda. Mas era em vão.

– Jade, não me faça perder a cabeça – berrou Ítalo. – Gosto muito de você. Ajudei quando você mais precisava. Só não usou o dinheiro ainda porque não quis. Mas, se nos demorarmos mais, podemos ser pegos! E você sabe roubar folhas como ninguém! – o químico relevou todo o seu nervosismo ao falar ora de modo mais manso, ora sem qualquer paciência.

– Vou esvaziar o bote – avisou Nadine, mostrando aos amigos por onde Ítalo pretendia fugir com suas assistentes.

Antes que Tales pudesse falar alguma coisa, Gaetano pediu:

– Pegue algumas pedras. Vamos dar cobertura para Nadine.

Tales balançou a cabeça confirmando.

– Me deixa ficar! Não contarei nada para a polícia! Digo que só sabia fazer os roubos, que era por dinheiro. E que não sei de mais nada!

– Ora, Jade! – Ítalo se exaltou. – Eles não vão acreditar!

Esmeralda, Jade e Ítalo se sobressaltaram ao ouvir um forte estampido. Nadine fizera mais barulho do que imaginara ao tentar esvaziar o bote.

– Moleca atrevida! – sem pensar, o químico sacou a arma, mas, antes que pudesse mirar, Gaetano deu uma forte trombada nele.

Os dois caíram no rio, brigando. A arma ficou na margem.

Jade rapidamente pegou-a e, agarrando Esmeralda, apontou a pistola para a cabeça da garota. Mas a fisionomia de Esmeralda estranhamente não se modificou.

– Quem mais está aí? – Jade perguntou.

Tales surgiu em meio às pedras, largando os seixos que segurava.

– Seus amigos? – a assistente perguntou para Esmeralda.

– Sim – respondeu a garota emocionada. – São meus amigos...

– Acabou... – argumentou Tales.

– Não faça nada – pediu Nadine. – Só vai piorar as coisas!

Gaetano arrastou para a margem o químico ofegante. Por causa do seu tamanho e força, o rapaz levou vantagem na briga.

– Chega, Jade! – pediu Esmeralda. – Vamos acabar com tudo isso... Agora!!

Suspirando, Jade abaixou a arma, resignada.

– Até um dia, Alemanha!

***

– Ítalo é traficante de folhas. Aliás, nós três somos. É complicado contar toda a história. Lá vai por mais bizarra que possa parecer. Como vocês presenciaram a parte mais esquisita e não ignoraram... Então, estas mochilas adaptadas, na realidade, são coletores de fibras em partículas.

Ou seja, transformam as folhas das árvores em micropartículas que são absorvidas por aquele duto de sucção e armazenadas no compartimento interior. Depois, levamos o material coletado para o laboratório onde as folhas são processadas, misturadas a substâncias químicas e transformadas em cápsulas efervescentes. Essas cápsulas são dissolvidas num tipo de aparelho desenvolvido pelo Ítalo e usadas no tratamento de doenças respiratórias. Elas garantem apenas uma única sessão e são bem caras, vendidas em euros. Os principais compradores são empresários de centros urbanos europeus. Como podem ver, é algo restrito e totalmente elitista, fora que ainda há discussões sobre a real eficácia ou cura por meio desse tratamento. Agora, um dos vários lados negativos é que o tratamento de uma única pessoa pode devastar a copa de dezenas de árvores centenárias.

– Surreal – falou Tales ao ouvir a explicação de Esmeralda.

Gaetano olhou para Nadine. Ela balançava a cabeça em negativa. Era triste ver como o ser humano pode ser tão egoísta.

– Fora que, notamos, uma exigência de distância mínima entre as árvores...

– Que pode ser calculada pelo Teorema de Tales – interrompeu o garoto homônimo.

– Exatamente! – se surpreendeu Esmeralda. – Mas se duas árvores cresceram juntas isso não interfere, como no caso dos dois paus-brasis que coletávamos hoje...

– Não havia problema pelas espécies serem diferentes? – ainda questionou Tales.

– Não, não... Pelo que entendi, certas propriedades das folhas se estabilizavam depois de cem anos. O resto a química resolvia.

– Mas como você se meteu nisso tudo, Esmeralda? – Nadine quis saber.

– Minha mãe estava precisando fazer uma cirurgia urgentemente. Aí contei pra Jade, e ela, que estava entrando no esquema do Ítalo porque queria viajar e conhecer a Europa, acabou me colocando no meio também.

– O Orlando, a Silvana e o Teo não vão acreditar quando souberem que desvendamos o mistério – falou Tales. – Mas, por outro lado, eles ficarão extremamente decepcionados quando descobrirem quem estava por trás disso tudo...

– Será que eles vão demorar muito? – quis saber Jade, enfastiada, interrompendo o rapaz. – Quero ser presa logo.

– É melhor esperar – aconselhou Tales. – O pai de Nadine, Narbal, que trabalha na Polícia Ambiental, já, já dá as caras.

– Nem acredito que meu celular deu área aqui... – comentou Nadine, mirando o visor do aparelho de onde ligara para o pai.

– Espero que ele venha logo. Não aguento mais ser babá de químico do mal – asseverou Gaetano, olhando para Ítalo amordaçado e amarrado com cipós.

"Babá, não, Grandão, super-herói...", pensou Nadine consigo mesma.

***

Outubro, 21.

Exatamente um mês depois, Verdejantes voltava ao seu jeito normal. Não era exatamente mais a mesma cidade, afinal, difícil ser a mesma depois de tantas atribulações. No entanto, tudo se encaminhava.

A cidade inteira se mobilizava para uma ação de reflorestamento promovida pelo Instituto de Meio Ambiente de Verdejantes, agora chefiado pelo dr. Ribeiro, tanto no centro onde as árvores eram poucas e malcuidadas, quanto nos limites da cidade, onde, nesse dia, os nossos amigos se encontravam.

Entardecia. Todos estavam suados, pois já haviam plantado várias mudas. Mesmo assim continuavam ajudando nos trabalhos.

Ryan se aproximou de Ada. De olhos fechados e regata branca suja de terra, curtia o sol que caía sobre seu rosto e os braços.

– Ada.

– Oi, Ryan – ela nem abriu os olhos. Mas reconheceu a voz do garoto.

– Queria saber como você está. Faltou um mês inteiro ao colégio...

Ela se voltou para o rapaz. Notou que ele estava sem óculos. Tirara ou estava com lentes.

– Estou bem. Não precisa se preocupar.

Após um segundo de pausa, Ryan segurou firme o braço de Ada:

– É verdade que você nunca mais ficou com ninguém desde que descobriu tudo sobre o Ítalo?

Ela se desvencilhou, voltou-lhe as costas e ergueu de volta o rosto para o sol.

– É. Nunca me senti tão enganada... Mas agora quero ficar sozinha. Apenas comigo mesma.

Sem falar nada, Ryan se afastou.

Mas Ada não pôde aproveitar tranquilamente aquele calor gostoso que sentia no rosto. Alguém lhe agarrou a cintura.

– Ei! – reclamou.

– Sou eu.

– Alec, me solta!

– O que foi?

– Quero ficar só!

– Ficar só é algo tão triste... – e ele fez um muxoxo, gracejando.

Ada, apertando os olhos, disse séria:

– Alec, o nosso dueto já acabou! Nem tenha esperança! Só ficamos uma vez e pronto! Não tem nenhuma chance de eu ficar com você de novo! – e, lhe virando as costas, se afastou, deixando Alec sozinho.

***

Gaetano e Nadine acabavam de plantar uma muda de sumaúma, considerada a rainha das florestas.

– Daqui a alguns anos esta plantinha vai ser grandona! – comemorou Nadine. – Assim como você.

Gaetano, que estava aguando a planta, concordou:

– É só uma questão de disciplina e treino. Um pouco de academia por dia e em breve ela atingirá os resultados.

Os dois riram, sem graça.

– É... Parece que foi ontem... Mas já faz um mês que você me salvou.

– Que loucura a minha, né? Podia ter levado um tiro. Mas na hora não pensei muito. E também não deixaria a filha do Narbal, meu parceiro, correndo perigo.

– Que tremendo susto... Mas, depois daquele episódio, não tem um dia sequer que eu não pense em você...

– Quer dizer, então, que sou inesquecível? – brincou Gaetano.

– Ah, lá vem você de novo se achando! Deixa de ser chato!

– Você é que é chata! Sempre bancando a ecologista radical!

– Não quero ser a ecologista radical. Quero apenas fazer a minha parte.

– Mas às vezes você exagera.

– Eu sei. Mas é tanta coisa que a gente escuta e tem tanta gente que não faz absolutamente nada – ela suspirou –, que acabo querendo compensar a irresponsabilidade dos outros de alguma forma.

Gaetano se levantou e, ao passar as costas da mão para tirar o suor da testa, acabou sujando o rosto.

– Não podemos resolver todos os problemas do mundo, Nadi.

– Mas são problemas que atingem a Terra! Então, são nossos! Tente entender o meu lado!

– Entendo. Mas procure compreender também o que quero dizer.

– Compreendo, Gae.

Ele sorriu ao escutar o novo apelido. Segurou a mão dela. A garota perdeu a respiração por um segundo e, ao encarar os olhos do amigo, leu segundas, terceiras intenções...

– Preciso ver como está o abaixo-assinado – disse Nadine, se afastando rápida.

– Eu vou com você!

***

– E aí, Esmeralda, como estão as assinaturas? – perguntou Nadine à amiga que acabava de registrar mais uma assinatura digital.

– A todo vapor – respondeu Esmeralda com os cabelos presos num coque. – Deixa só eu atualizar a lista aqui... Ah, hoje, pela manhã, o Orlando, a Silvana e o Teobaldo me entrevistaram. Estão trabalhando na produção do documentário. Eles já têm também os depoimentos do Ruy e do Elmo, fora os da nossa turma. Amanhã vão tentar conversar com o Ítalo e a Jade, que seguem presos aguardando julgamento. Mas percebi que os três continuam bastante tristes pelos atos cometidos pelo químico... – de repente, seus olhos verdes arregalaram: – Já ultrapassamos as cinquenta mil assinaturas!

O sorriso da garota contrastava com o semblante carregado dos meses anteriores. Ela estava cumprindo medida socioeducativa. Mas saber que tinha amigos de verdade lhe dava uma enorme alegria e muitas esperanças. Sua mãe já recebera alta após a cirurgia no hospital municipal e todo o dinheiro que fora depositado pelo químico na sua conta poupança, incluindo os juros, foi entregue à polícia.

– Que legal! – comemorou Gaetano, que chegava. – Seu projeto de lei para proteção das árvores de Verdejantes, Nadine, vai vingar! – e deu um abraço apertado na garota.

Aproveitou também a oportunidade para esfregar as mãos sujas nos braços dela.

– Gae!

Ao ser solta, Nadine saiu correndo furiosa atrás de Gaetano.

Esmeralda só pôde sorrir divertida com os grandes amigos que tinha.

***

– Taleeeesss!!

O rapaz, que também recolhia algumas assinaturas para o abaixo-assinado noutro *tablet*, estranhou o grito da namorada.

– O que aconteceu? – perguntou ele quando ela se aproximou.

Então, Lygia abriu um sorriso do tamanho da copa de uma árvore.

Ele moveu a cabeça como uma arara ao imaginar a novidade que chegava.

– Eu vou... – ela começou.

– ... publicar um livro!! – ele a ajudou a completar a tão esperada notícia.

– *Contos verdes* deve ser sair no ano que vem!

– Minha namorada vai ser a maior contista do mundo! – bradou Tales o mais alto possível, abraçando Lygia e rodando a namorada no ar...